蒙面少女
与隐形男孩

万芊 著

天津出版传媒集团

百花文艺出版社

图书在版编目（CIP）数据

蒙面少女与隐形男孩 / 万芊著 . -- 天津：百花文
艺出版社，2024.1
ISBN 978-7-5306-8693-5

Ⅰ.①蒙… Ⅱ.①万… Ⅲ.①小小说－小说集－中国
－当代 Ⅳ.① I247.82

中国国家版本馆 CIP 数据核字 (2024) 第 006199 号

蒙面少女与隐形男孩
MENGMIAN SHAONÜ YU YINXING NANHAI
万芊　著

出 版 人：薛印胜
责任编辑：张　雪
装帧设计：鸿儒文轩
出版发行：百花文艺出版社
地址：天津市和平区西康路 35 号　　邮编：300051
电话传真：+86-22-23332651（发行部）
　　　　　　+86-22-23332656（总编室）
　　　　　　+86-22-23332478（邮购部）
网址：http://www.baihuawenyi.com
印刷：三河市华东印刷有限公司
开本：880 毫米×1230 毫米　1/32
字数：160 千字
印张：7.75
版次：2024 年 1 月第 1 版
印次：2024 年 1 月第 1 次印刷
定价：52.00 元

目 录

CONTENTS

上辑

中辑

下 辑

上辑

诱 蟹

李斯临退休，终于在紫薇湖畔置了所小别墅。虽是联排又是二手，然而他终于有了独立的小院，这是李斯一直期盼的。李斯的别墅在小区一角，院墙另一边是一些宽大的独栋别墅，院落宽大。那些院落里，大多种植着名贵的树木，建有一些精致的庭院小筑。李斯喜欢坐在自家的小阳台上品茗喝酒，从小阳台上望出去，满眼低调的奢华。

原别墅主人老柳，在交房时，悄悄地跟李斯透露了一个无人知晓的小秘密：住在这儿，蟹汛时，不用花钱就有吃不完的正宗的紫薇湖大闸蟹。

紫薇湖，水质清澈，紫薇湖里的大闸蟹，可谓太湖流域中大闸蟹的极品，名声在外，常人很少能品尝到。李斯不解，住在湖边还有这等好事？老柳卖了个关子，继而一一道出其中的玄机，惹得李斯心里痒痒的，心想，还会有这等好事，白白让你占个大便宜？

老柳"传授"了李斯看似简单的诱蟹神操作。

此时节正是一年中难得的秋季蟹汛时，紫薇湖中的大螃蟹正是脂满膏丰，蟹民直销的价钱绝对不便宜。蟹汛期，方圆几百里有人专程赶过来大快朵颐。到半夜，夜深人静，李斯按老柳传授的技法，疏通原先的蟹道，撒上螃蟹喜欢的谷物，再把自家院落幽幽的装饰灯依次打开，到了后半夜，李斯到园中一看，那些装饰灯下果然有好些堪称极品的紫薇湖大闸蟹在吃着园中他设诱的谷物。李斯把那些贪婪的自投罗网的大闸蟹一一捉住，放进瓮里。

李斯不解，问老柳这些蟹从何而来？

老柳像煞有介事地告诉李斯："蟹有蟹道，它天生受不了灯光的诱惑，常因此甘心情愿地爬进别人设下的圈套，弄丢自己的小命，还义无反顾。贪，迷惑了大闸蟹的心窍。"

李斯还是不明白，打破砂锅问到底，说："实在不明白，这些大闸蟹到底来自何处？不然我享用了会觉得心里不踏实。"

老柳提醒李斯傍晚时留意隔壁大别墅里的动静。

李斯留意着，到了傍晚，大别墅院落里果然人影幢幢，四周泊着各色豪车，来别墅的人一看就非富即贵。悄声来，悄声去，即使有喝了酒有点兴奋的，仍表现出特有的矜持。

第二天，李斯问老柳，老柳说："其实，这些用作私人会所的大别墅可能都是某个神秘人物的，宴会上来的都是有身份的人，他们之间肯定有着无法割裂的利益关系。"

这期间，李斯出差半个月。回家后，李斯收拾院子，竟然发现自己的水池成了蟹的乐园，几乎满满一池的螃蟹。李斯这才想起，外出时，院子里那些智能装饰灯，设置的是自动模式，而诱蟹的谷物又都放在池边。

李斯心里一惊，这么多蟹价值不菲，别人家丢了定会心急。李斯急忙跟老柳说："闯大祸了，把人家的大螃蟹全诱过来了。"

老柳说："没事的，人家院中水池里有的是大螃蟹，一直有人源源不断地送过去，即使丢了，他们也无所谓的。"

之后，一边的别墅会所出奇安静，再也没人光顾，院中落满了枯树叶，杂草开始恣意伸展。

过了段时间，老柳让李斯看新闻，李斯从新闻中看到当地一位位高权重的人物落马了。

这时，老柳告诉李斯："那别墅的神秘主人出事了，据说举报他的就是他们圈子里与他最熟的人。"

再之后，那幢别墅会所被清查。清查时，李斯正好遛狗经过。其他不说贵重的东西不提，单单院中捞出来的极品大闸蟹就多得数也数不过来。

李斯从这些零零碎碎的观察片段中，梳理出了一些头绪：蟹，被灯光诱惑着，奋不顾身，一意孤行，闯入他的小池却不知这是圈套。那些蟹早已深陷诱惑与被诱惑之间，交织在人与人的利益中。蟹有蟹道，人有人道否？其实，道有正道，也有歪道……

悟出了这些"道道"后，李斯在那个月色皎洁的夜晚，把那些偷诱的大闸蟹放生了，放回那如镜般清澈的紫薇湖中。

（刊于《小说月刊》2022 年第 11 期）

上辑 诱蟹

阿章的绝活儿

阿章有绝活儿，早先在货轮上，他的名声就够响亮的，是一顶一的好水手。可就是天生眼珠子有点斜，像是从小爹娘就没调停好，黑的白的愣是不能移到正位上，你让他正面瞧你，其实他瞅见的你偏偏是斜的，只有等他斜瞧你时，你在他眼里才是正的。就那么偏斜了一点，闹了好些笑话。早先有一次，煮水潽蛋，四个鸡蛋原本应一个个顺锅沿往沸汤里磕，不料因眼神偏斜了一丁点，一个个蛋黄却在磕下去时顺锅外沿刺溜一下滑进了炉灰里，结果让他老婆在那锅汤里一阵好找。

至于阿章的那手绝活儿，师兄弟中倒是没一个胜过他的。每每货轮靠码头十来步，他便能提着缆圈，抢臂一抛，一个挺漂亮的圆弧飞去，百发百中，再哈腰躬身一收，缆绳便系得紧紧的，货轮也就稳稳地傍上了码头。这绝活使他在公司里一时风光无两，名声极佳。

后来，没想到，好名声竟毁在全公司大比武时的意外中。

那次，远距离抛缆自然作为终极武器，被安排在最佳时刻。为此，公司做了大量的准备，码头修葺一新，一排的缆桩全换新了——笔直、坚挺。那天，载阿章的货轮正傍岸，船首的阿章闹蒙了：那一个个新缆桩眼见得竟全都是斜的，犹豫之际，只得抡臂抛缆，一个圆弧挺漂亮，也不知套着没，赶紧哈腰躬身一收，没料那缆绳根本没套着，手一用力，脚下踩空，人一仰跌进水里，待他从水里爬起，一瞧，身子蔫了。

"老缆桩全换没了?！"

一个去年来公司的大学生，研究了半晌得出结论：原先那些老的缆桩，历经几十年风吹日晒，一个个都拉扯斜了，而偏偏阿章天生眼斜，造成视角的偏差，眼中的成像竟正了。再加上熟能生巧，歪打正着，竟百发百中。公司的经理们这才拍着脑袋，唏嘘着。阿章更为自己的绝活不灵而闷闷不乐、萎靡不振。经理们也深感歉疚，念他早先毕竟是个人物，于是把他调上岸，安排他到郊区的码头堆货场当个管治保的小组长。

阿章走马上任，大小也是个官。天一黑，货场上总少不得他的影子。很奇怪，人家打更提根棍子，他捉贼却携着那缆绳圈，众人见了都跟他逗趣。

他不火不恼，滴溜溜满场子转。

一天后半夜，堆镍钢的货场边，阿章终于撞上一伙蒙面盗贼，他斜刺里闪出身，一声吆喝，逮住一个小贼，不想那家伙比泥鳅还滑溜，一侧身便挣脱了。阿章恼了，骂了声，朝小贼大臀部飞起一脚，谁想眼斜竟踢在小贼身旁的空油桶上，痛得阿章直跳。小贼趁机起身便溜，阿章哪肯罢休，抡臂扬缆，急吼吼地叫着。小贼回头一瞧，只见缆圈呼呼生风，行将套来，慌忙中侧身一偏，殊不知，原来小贼的身子在阿章的眼里是歪斜的，阿章根本没法抛缆绳，只扬了个假动作，可待小贼侧身一偏的当口，阿章一瞧正着，"呼——"，臂一抡，一个漂亮的圆弧套去，再哈腰屈身一收，小贼束"颈"就擒。阿章的名声又响亮起来。

郊区堆货场，自从阿章去后，再也没丢过货。

爱的代价

师范学院毕业后，姬兰只身一人一路东进，来到了玉山。在一张完全陌生的地图上，她随着城市中心区与郊区相接的那条虚拟的线，圈出了十几所民办打工子弟学校。

找了一处简陋的民居住下后，姬兰走进了第一所民办打工子弟小学，然而没有什么教学经验的她被拒绝了。一周下来，她走访了大约一半的学校，都吃了闭门羹。

第七天一早，她堵住了爱河小学的李校长，开口说："如果您觉得可以，让我来您这里教那三位自闭症学生。我在实习期间，受过这方面的特殊训练。您可以让我先试试。"其实，姬兰是事先做好功课的，她知道李校长正为此事发愁。面对家长送来的三位有点自闭的特殊孩子，班主任、任课老师叫苦不迭，李校长更是一筹莫展。

李校长看了姬兰的简历，犹豫再三，最终说："你来也只能是临时代课老师。因为没招聘名额了。"

第二天，姬兰如愿走进爱河民办打工子弟学校，当上了三年级语文老师和班主任。一男二女三个自闭症孩子就放在她的班级里。

姬兰没事时，就坐在这三个自闭症孩子身边，帮助他们找书，找学习用品，复习上课内容；捋捋她们的头发，拍拍他们的肩，敲敲他们的课桌；有时，还跟他们聊天。

她还时常跟这三个孩子一起孵太阳。

他们是孤独的、不合群的、怪异的、无声的，有时又莫名烦躁、歇斯底里。有时，他们一整天不说一句话，大半晌不动弹一下；有时，他们坐立不安，一刻也不得消停，无休止地重复一个怪异的动作或烦人的声响。从这几个孩子写的只言片语中，姬兰感觉到他们异常敏感。他们用自己特殊的方式封闭着自己，一旦受到侵犯，他们会以一些非常过激的方式，进行反抗。

几天下来，姬兰发现他们中的一名学生喜欢让人给她梳头，姬兰一有工夫就用一把小梳子给她反复梳头；一人爱干净，她就专门为他准备了一盆温水，为他洗手；还有一人喜欢静静地靠着姬兰，这样会给她带来一种安全的感觉，她才会安静，姬兰有机会就让她在自己身边依靠着自己。为这几个孩子，姬兰每天也重复着一些怪异的动作。

一段时间下来，三个孩子开始黏着姬兰。姬兰在时，他们都表现得很好。

第二年，姬兰取得了正式编制，终于在玉山站稳了脚。经人介绍，认识了一名新玉山人，与他结为伉俪，结婚后一年生了个男孩。

姬兰一直在教三四年级，一些特殊的孩子升为高年级离开后，又有另一些特殊的孩子被送过来。离开的学生大多已经有所改变，能够融入新的班级集体中，有的功课成绩越来越优秀，甚至在某一方面有过人的天赋。也有的孩子实在离不开姬兰，三四年过去了，还在她的班级里，反复学三四年级的课程。他们黏着姬兰，似乎一天也离不开她。短短的几年，姬兰的名声传了出去，有的家长千方百计地把自己的特殊孩子送到姬兰的班上。最多的时候，姬兰的班里有七名自闭症孩子，大多是新玉山人把留守老家、跟老人相处变得孤独怪异的孩子接过来，请姬兰老师调教。也有学生在原来条件很好的公立学校里实在没法待下去，家长把孩子送到了条件很差的爱河小学，送到了姬兰老师的班上。几年后，这些孩子多多少少有了变化和进步。姬兰老师因此获得了不少荣誉，但她也没有在意这些，她的生活已经被这些特殊的孩子紧紧拴住，甚至晚上她还得把其中一两名学生带回家。

转眼十几年过去了，姬兰的生活一如既往，她的身边一直都有一些特殊的学生，而她自己的孩子却在她的视线之外渐渐长大，考入了重点高中。

一天天过去，周围的人渐渐地感到姬兰的变化。她有时会呆呆地和一两个孩子坐在黑暗的教室，不想回家；有时，她会莫名其妙地哭泣，泣不成声，好像受了不少委屈；有时，她会控制不住自己歇斯底里地把眼前的书、本子丢得满屋都是。

有一天，儿子发觉了妈妈的怪异。天色暗了，她不吃不喝，一个人偷偷朝外走，且不走大道，专走水边树丛中坑坑洼洼的滩地。

儿子不近不远地跟着。姬兰回头，他就躲起来。姬兰走，他也紧紧地跟着。最终，姬兰一失足，跌落在水里。还好，水不深，儿子拼命冲过去，把妈妈从水里拉了出来。

姬兰终于哭出声来，不停地说："儿子，儿子，妈妈对不起你。"

儿子说："妈妈，你心里有话尽管说出来。我长大了，有的事，我可以为你分担。"

这晚，姬兰病了，在床上昏睡了好久好久。

李校长专门过来探望，极力劝她住院治疗。

姬兰终于点头应允，去苏城找专科医生看病。

三个月后，姬兰的病情有所好转，在家又休养了半年，重又回到了学校。

回到班上，两个孩子见到了她，黏着她。其中一个憋了好半晌，终于忍不住说："姬妈妈，你到哪里去了？我会乖的。"

姬兰噙着眼泪说："姬妈妈没事了，不会再离开你们了。"

爱花的老人

　　上班高峰，8路车上突然有人惊呼："我钱包没了。"一车人瞬间沉默，听着丢钱人哭着说，那是给心脏病人做手术的救命钱。公交车司机一边报警一边打开危险报警闪光灯，一路开进了出警警察指定的停车场，一车人顺着警察指示的通道依次下车进入派出所值班室。

　　八十出头的秦校长费劲儿地站起身，一手提着菜兜一手抱着一捧亮眼的鲜花，小心地下车。秦校长的腿一年前被路上的电瓶车撞了，动了手术，还没有好利索，上下车有些僵硬。这时，有几双手扶了他一把，秦校长借力下了车。转身见几个年轻人，有男有女，秦校长明白扶的人就在他们中间。

　　值班室里，气氛高度紧张，空气似乎也凝固了，好几位警察戴着白手套检查每个人的随身物品，所有的人都排着队等候检查，神情严肃。

　　轮到秦校长，一下子真相大白，那装着厚厚一沓现金的塑料袋赫然出现在秦校长手提的菜兜里。众人哗然。秦校长苦笑着，没想到自己一辈子教书育人，老了却摊上这种事。秦校长一边尴尬地苦笑着，一边掏出公安局新发的警风监督证。硬质的证上，印有秦校长的照片，编号是 001，这是做局长的得意门生，专门送给他的"特殊礼物"。这时，也有人认出了秦校长来，说他是以前市实验中学的老校长。

紧张的气氛一下子烟消云散，大家都说，这么德高望重的老校长是绝对不会偷人家救命钱的。有认识校长的人为他做证，说跟校长一起上车，一直站在校长边上，没看见校长有偷盗的动作；还有人说校长跟丢钱包的人一直相距甚远，没有机会偷钱包；还有人说，下车时好多人扶着校长来着，会不会那时有人将钱塞到校长的菜兜里？众人都点头称是。到底谁是罪魁祸首呢？到了这时，已经没有任何其他证据了。既然钱已经找到，于是，丢钱人留下做笔录，处理问题。其他乘客又上车，各自去自己该去的地方。

秦校长在自己家门前下车。下车时，又有人扶了他一把，他看了一眼，是一位个不高、瘦瘦弱弱的女子，她有一双无神的眼睛。秦校长一直说着谢谢，那女子一起下车了。

折腾了半天，秦校长累了，坐在街道转角的石凳上想缓缓劲儿。这时，那一起下车的女子径直过来问要不要帮忙。秦校长说，不用了，有几百米就到家了。

女子看了一眼秦校长怀里的鲜花说，您的花真美！这话是由衷的赞美。秦校长说，老太婆喜欢花，爱一辈子了。

几天后，秦校长出门买菜。在街口，秦校长看见前几天扶过他的女子，手里提着一篮鲜花。秦校长看了一眼女子手里的花，说，你的花真好看。女子笑笑，问，要不？秦校长说，选一捧吧。

又过了一段时间，秦校长再次出门买菜，在街口，又看见了那女子，她推着一辆陈旧的小三轮车，车上是各式各样的鲜花，满满当当。秦校长在花车旁驻足，一一看过车上的鲜花，称赞说不错。秦校长挑了一捧，回家。

眼下，秦校长独自过日子，儿子女儿有出息，读到了博士，已经在北京上海定居，妻子原本是中学里的音乐老师，去年过世了。儿女都让他过去一起住，他觉得还是老屋里自由自在。只不料，腿受了伤，行走不大方便，入了冬，又不小心崴了脚，只能窝在家里。

一日，有人敲门，秦校长支撑着开门，是卖花的女子，便让进了门。

女子说，我是来给您送花的。

秦校长有些无奈地说，脚不小心崴了，医生让静养。好久没出门了，家里的花都蔫了。

女子送了花，提出可以帮他去买菜。

秦校长想，求之不得。就取了几张百元钞，开了张单子。

女子是个细心人，买了菜和其他物品，在单子上注明用的钱，送上门时，把零钱都如数放在桌上。

天愈发冷了，秦校长有时就蜷在被窝里，虚掩着门，把钱、购物清单放在桌上。女子来，代买物、送花，有时还为秦校长随手洗洗衣物，整理整理家务，还有时干脆为秦校长把饭菜烧了，端在秦校长的床边。

开春后，秦校长的脚渐渐康复，又能够出门买菜买花了。

女子没有理由再过来送花、代购。

女子跟秦校长说，我要离开了。

秦校长却说，我想跟你合伙做一个生意。秦校长的老婆一辈子爱花，退休后，她曾在街口买了一个小店面，自己开花店。她不是为赚钱，她是真心喜欢花，喜欢跟爱花的人在一起。她的花店人气一直很旺，有一群爱花的年轻人，把小店追成了网红店。现在她已经不在了，秦校长想让女子把这花店继续开下去，再做些投资，赚了钱，两人五五分成。

女子问，为什么让我合伙？我可身无分文。

秦校长说，因为我们都是爱花人。你对花语有很好的悟性。

女子点头同意了。经过一段时间的筹备，街口的花店重新开张了。一些老顾客，看见花店重新开张，纷纷过来捧场。那女子确实对花有自己特有的理解和品味，新老顾客都能在这老花店里挑选到自己中意的又新鲜又实惠的花品。

过了一年，秦校长把隔壁另一家门面买下来扩大花店的规模。自己也有事没事常常坐在花店门口，招呼客人。

终于有一天，女子忍不住了，跟秦校长摊底，说，我是有偷盗前科的，我是栽赃过您的小偷，您早就猜到了，是吧？您不怕我再坑您?！

秦校长说，谁让我是爱花的老校长呢，爱花人懂爱花人。知错能改，善莫大焉。

女子哭了，说，我是个没有爹娘疼的坏女孩，要是早十几年遇上您，我也不会那样作践自己。

半校长田楠

田楠是三中的校工。她爹是校工，她十八岁那年，她爹提前病退回家，她替父亲端起了校工的铁饭碗。其实。她爷爷也是老校工，1946年中学堂筹办时，乡绅们看她爷爷做人实在，力荐他做校工。她爷爷告诉她，他当那校工时，管一个中学堂近百号人的吃喝拉撒，顶半个校长。田楠的名字还是跟他爷爷关系很铁的老校长起的，只是有点偏男性化。

田楠，没多少女人相，手和脚生得偏大、黑脸盘、大鼻孔，若是扯着嗓子在学校大院子里一喊，全校每个旮旯都能听见她响亮的声音。

田楠以前做校工只管两桩事：敲钟、印考卷。到了四十岁那年，田楠没钟敲了，也没考卷印了。学校的钟改成了电子钟；卷子都是上面统一印好发下来的，连答案都是统一的。没有钟敲、没有考卷印的田楠整天在校园里游荡着，有点无聊。无聊的田楠常常无事生非，闹得校长心堵。最让校长心里堵得慌的是田楠跟学校保洁工闹出了矛盾。几个保洁工，都是有脸面的熟人介绍过来的，懒是稍微懒些，校长不说，谁也不愿说。那么多保洁工，还老说事多来不及干。没事做的田楠看不惯，每日一早到学校里的头一件事就是拿了扫帚扫操场，还把散落在各个角落的塑料瓶、纸头通通收拢起来。这就惹恼了几个保洁工，明眼人晓得这是抢她们的外快。她们合起伙来跟她吵、跟她闹。谁料想，田楠天生一副天不怕地不怕的男人脾气，谁都不是她的对手。闹到临了，所有的保洁工都怕她，时不时请几天病假，赖在家，最后也不再来了。

不敲钟、不印考卷的田楠又是整日忙碌，不修边幅，满脸汗水。现在的中学生大多是独生子女，都金贵，口渴了买些饮料喝是常有的事，校园里空饮料瓶丢得到处都是。田楠忙坏了，一天到晚，先是追着学生的屁股后面捡空饮料瓶。后来，田楠指定了一些空饮料瓶收集点，要是谁不按规矩乱丢空饮料瓶，她会像密探一样盯着记着，缠着他们的班主任告"恶状"。

到了下班时，田楠的车上总是堆满空饮料瓶。去废品回收站，田楠总跟人家斤斤计较，点瓶数，讲价钱，每天都弄得很晚才回到家。

学校里，除了废饮料瓶多，更多的是废旧纸张和书籍报纸，她买了上百个废纸篓，放在教室和办公室里。甚至，校长室也放。专门放废纸张、旧书报纸。每天等学校放学了，她就把这上百只废纸篓清理一遍。轮到有老师要清理办公室时，大家都会打田楠的电话，让她把废考卷、旧资料、过期报纸、没有用的练习本、旧书，通通整理了拉走。到了周末，她就送到废品回收站。

学校里人多，每天少不了各种要扔的脏东西，水果皮呀、吃剩的饭菜呀，不管是老师还是学生，要是谁乱丢，她会追着管，一点不给人家面子。有一回，一位任课老师把吃剩的面包连塑料包装袋一起丢在办公室的废纸篓里，她发现了，追到课堂，当着学生的面数落这位老师，弄得这老师很丢面子。大家都觉得忍一忍风平浪静，田楠怎么管，大家就怎么服从。田楠干脆把上海等大城市垃圾分类的办法弄进了校园。校长见了，觉得是好事，自然点头默许。

至此，在三中，所有的人都把田楠叫成半校长，意思谁都明白，其实也有人讽刺她管得太宽了。

有一回，接送学生的车子被土方车给撞了，伤了好几个学生，有两个送到了县医院。医院需要交押金，田楠立马开着小QQ来了，一下子交了两万，说是卖废饮料瓶、废纸挣的钱。校长愣了。其实，大家谁也没有想到，校园里的废品竟然还这么值钱。

后来，居然有人向上级纪委举报陈墩镇中学校长私设小金库。上级纪委来学校调查，田楠拿出了平时卖废品的记账本。每笔流水账，田楠都记得清清楚楚，什么日期、什么品种、多少价格，总计一万八千三百六十三元。而那笔给学生交的押金，她还贴了一千六百三十七元。这种情况，纪检委的同志也没有遇见过。但有一点很明确，存这小金库的田楠，根本不是校长，那个半校长其实也是人家的戏谑之称。

此事之后，半校长在三中的名气反而更响了。田楠管老师、管学生更是一点也不马虎，有时甚至管到了校长头上。

藏　酒

　　几年前，我在航道处当人事干事。处里大多是一线维护航道的技术工人，他们又大多是部队转业的军人。

　　施工船队常年在一线航道上，工人们以船为家，上一线时，往往一待就是十天半月。工人们吃住在施工船上，少不了有馋酒的，往往是漫漫长夜小酒一杯好梦到天亮。然而出于安全考虑，处里有一条明文规定，就是上船不允许喝酒，若施工船上谁私带私藏酒，一旦被发现，扣当月奖金二百元。

　　打捞船队长阿祥是个老好人，据说自己不喝酒，船上有人喝酒他总是睁一只眼，闭一只眼。伙房烧鱼解腥需料酒，但料酒的用量大得吓人，一日一瓶也不够。后来，处里规定伙房也不能备料酒了。

　　为此，分管处长常带我们科室人员上一线搞突然袭击。然而每次都徒劳，谁会宁可罚二百，也要私带一瓶几块钱的酒来惹事呢。可施工船舶的地点常前不挨村后不着店，买酒也不方便。这就苦了那些酒馋虫。谁都知道，他们变着法子与处里斗智斗勇，处里也抓不住他们的小辫子。

一日，处里涨工资，科长让我去一线的几个船队找工人们挨个签字。处里公务车轮不到我，我自然坐公交再加步行前往。

到打捞船队，签了字，正好午餐时间。我就留在施工船上和工人们一起用餐。队长说我千里迢迢地来为大家服务，特意加了几个好菜，好好地款待我。

进了伙房，大伙或坐，或靠，或蜷，每个人一双筷子一只大碗。

大师傅阿耿跟我挑话，说："小万老弟，你辛辛苦苦过来给我们办理涨工资的事，我们得表示一点意思。"

我说："工资是处里涨的，我只是个跑腿的。"

阿耿说："皇帝不差饿兵，更何况你是处里来的'钦差大臣'呢。"

说着，阿耿把我拉到伙房中间的小餐桌边，又拉了几位师傅，一一坐下。船队长阿祥一见这架势，笑眯眯地自顾自扒了碗米饭，舀了几勺菜，边出伙房边说："阿耿，你们好好聊聊，不急。我下午值班。"

阿耿得令，把几个人手里的大碗收了，放在小餐桌上，像变魔术一般从伙房顶上的木板缝中抽出一根橡皮软管来，解开一端的小结，一股深黄液体伴着醇厚的黄酒味汩汩流出，灌满了眼前一只大碗。

阿耿示意大伙儿端碗，敬我。

我一时不知所措，迟疑再三，最终还是端起了酒碗。

阿耿笑了，说："小万兄弟，够哥们，来，干了！"

我推脱再三，最终还是跟他们一起干了。一大碗酒下肚，我有些后悔，想想自己竟然在一碗酒面前成了意志薄弱者，违反了处里的规定。回去后，处里追究起来，我真的不好交代。

酒也喝了，一失足成了阿耿的铁哥们。

几碗酒一喝，我好奇地问："你们用啥法子藏酒的？"

阿耿是个直爽人，边喝酒边告诉我他们藏酒的秘密。原来，他们外出施工前总要带一大罐黄酒上船，几十斤。黄酒一开封就要发酸，酸了不好喝。于是，阿耿他们在罐子的封泥上小心地钻一个小孔，插根小软管，再把小孔封严实，把软管一端挽个小结。他们把大酒罐藏在伙房顶上夹层里，即使打开伙房顶板也见不到藏着的酒罐。万一穿帮，他们也会迅即把酒罐取出丢进船舷边的河里。

我笑了。我喝了他们私藏的酒，一下子与他们同流合污了。

那天，我喝高了，船队长阿祥叫了辆黑车，偷偷把我直接送回家了，像做贼一样。

为感谢阿耿他们的好意，在他们上岸轮休时，我请他们吃了顿夜宵，七八个人，整整喝了五六箱啤酒，喝没了我好几百。阿耿他们也挺仗义，我家换煤气、搬家具之类的重活儿，他们总是抢着干。本来同住一个大院，谁也避不了谁的眼。

这年冬天，是江南十年一遇的大寒天。下了场大雪，娄江上有座几十年的拱桥倾斜了，成了危桥。

冬天水位低，也正是拆危桥的好时机。只是这桥离人家厂房后墙特别近，爆破时，炸药的用量不能太足。

为确保拆桥万无一失，我们科室人员也都穿上交通制服，一大早在危桥四周值勤。

早上七点，正点爆破，总指挥一按按钮，破碎的混凝土飞起又落下，惊心动魄，危桥只是晃了几下，最终没能如计划般整座桥塌在水里，被炸过的桥像满目疮痍的怪兽一样挺在河上。

总指挥慌了，爆破工程师脸面尽失，一副狼狈的样子，几位桥梁工程师划着小木舟靠近观察。他们最后画了张草图。

从草图看，爆破基本上把桥体给炸断了，只是拱桥内芯的一些钢筋还没完全断开，形成了一个新力点。这个新力点支撑着摇摇欲坠的断桥，给进一步拆除带来了难以想象的危险。若再爆破，有点似杀鸡用牛刀。最好的法子就是派人上去在力点上拴根钢索，然后用打捞船牵拉。

潜水员阿林下水后，折腾了一个多小时，还是无功而返。炸裂的钢筋混凝土如交错的犬牙一样，让身穿笨重潜水服、背着氧气筒的阿林根本无从靠近、下手。

看着筋疲力尽的阿林，阿耿说："我来试试。"

总指挥同意后让我去买酒。阿耿说"不用"，从打捞船舷挂的防撞旧轮胎里取出一瓶烧酒，咕嘟咕嘟喝了半瓶。脱了棉大衣、外衣、外裤、内衣，只剩下内裤的阿耿在刺骨的西北风中挺立着。牵着钢索，阿耿游到断桥处，麻利地把钢索固定在断桥的力点上，再游离了危桥。

一切准备就绪，打捞船起锚，使劲儿一拉，危桥哗啦一下塌在水里，残桥入水形成的巨浪如海啸一般。

两岸一片掌声。阿耿成了英雄。

事后，处里给阿耿发了三千元的嘉奖，但同时扣了他二百。还对船队长阿祥一并处罚，接着对船上私自藏酒进行严查，杜绝了此事的发生。

领导说："桥归桥，路归路。奖罚得分明！"

（刊于《昆山日报》2021 年 11 月 5 日）

吃大闸蟹

第一回见到许冠，是在校园里他的公示牌前。他是生物制药专业的研究生，对我们园区内的几家高新企业特别感兴趣。问了一些专业的问题后，他便问我们鹿城的具体位置。我跟他说："在上海和苏州正中间，靠近阳澄湖。"他似乎对阳澄湖挺感兴趣，又问："能吃到阳澄湖大闸蟹吗？"我说："没问题！"于是，许冠把到鹿城吃阳澄湖大闸蟹的消息在校园里传播开来。我们随后发觉，许冠有点像小领袖，他的就业意愿潜移默化地影响着他周围的一群同学，其中也包括他的师妹程琛，程琛据说是他的女友。

时逢晚秋，我们的团队从沪、宁一些名校发布招收应届毕业生的信息后，反馈信息便接连不断地过来。吴局长让我们分批接待过来走访的应届毕业生。我精心设计了走访线路，重点安排参观高新区里一些主要功能园区和一些拟招毕业生的高新科技企业。

这天，许冠来了，带了一帮师兄弟姐妹，乘高铁专程从南京过来，也就一个半小时。他们专业不同，我们按专业安排走访线路。一直到傍晚六时多，大家兴致盎然地在渔家灯火会集，用晚餐。

渔家灯火紧靠阳澄湖，大大小小的餐饮船，鳞次栉比。红彤彤的招牌把一大片湖岸点缀得绚丽夺目。笔挺的阳澄湖公路大桥、流线型的高铁高架，一高一低，紧贴渔家灯火，彰显出一种现代化的前卫与大气，而渔家灯火是宁静的。

在渔家灯火用餐，湖鲜是当家菜。油炸鳑鲏、菱角、毛豆子咸菜是几道农家特色冷菜。大鳊鱼、清水虾、鳝筒煮螺蛳、蚬肉炒韭菜、蚌肉金花菜，也是渔家新鲜的菜肴。此时恰逢金秋，阳澄湖大闸蟹膏黄丰腴，团队自然给每个人安排两只大闸蟹，这是鹿城当地人招待客人的标配。

渔家主人端上煮熟的大闸蟹，满满腾腾两大盆，冒着热气。蟹背通红鲜亮，两只大螯气宇轩昂，灯光下蟹爪上的绒毛金光闪烁。那蟹脊饱满，尤其是母蟹，蟹脊处透着橙红的光亮。

大学生、研究生们惊叹不已，纷纷掏出手机，全景、特写、美图，拍个不停。

拍了，却没人开吃。我说："别客气，每人两个，一公一母。"

众人面面相觑，不好意思，于是，我把公蟹和母蟹拿给大家。大家会心一笑。

许冠用带有调侃的口吻跟大家说："我们冲着阳澄湖大闸蟹来的，谁客气，谁就是跟自己过不去。"说着，"咯嘣"一声把手里的一只蟹掰开，一见中间黏糊糊的胶状物，便麻利地用筷子，以做实验一般娴熟的手法，剔除胶状物，咀嚼蟹肚上附着的絮状物，一边嚼还一边品味说："这蟹，真鲜美。"

我一见，不知如何是好，旋即拿一只蟹演示起来。我说膏黄是眼下最鲜美、最肥美的；而絮状的蟹蓑衣，是蟹过滤水中杂质的器官，不能吃；蟹肚里的六角，性寒，更不能吃。对面的程琛扑哧一下笑出声了，她不会吃，刚才仔细看着许冠把该吃的剔除，不该吃的全吃了。

许冠自知吃蟹吃出洋相，尴尬片刻，起身，突然瞥见一旁桌上有只精致的大青瓷碗，碗里盛着菊花茶水。许冠把大青瓷碗端上桌，自己倒了一大碗。我正要阻止，不料想他已"咕嘟咕嘟"一饮而尽。

一旁的女服务员止不住笑出声来。

我示意女服务员把大青瓷碗端下去，另泡一壶浓菊花茶上来。

许冠见状，忙不迭地说："不碍事，不碍事，这茶挺好的。"

有几位笑得止不住。

许冠起初不知大家为何笑，等明白缘由后一脸尴尬。

用完餐，我送他们去高铁站。临行时，许冠悄悄地拉着我征询说："能不能给我一只大闸蟹的标本？"

我挑了一对最丰满的大闸蟹，包好悄悄塞给他。

没几日，许冠从微信上给我发了一幅大闸蟹解剖图，纯手工绘制，十分精致。一公一母，活灵活现。画面精致，蟹爪上的绒毛根根毕现。蟹壳、大螯、蟹爪、膏黄、蟹肉、六角、蟹蓑衣，一目了然，完全可以作为教学级别的示意图。最绝的是蟹的一些关键器官，都注有中文、英文、日文、韩文、法文五种文字。还特别注明大青瓷碗里的菊花茶是用来洗手的。

我把手绘图发给吴局长，吴局长看后连赞三声"绝妙"，并让我打印一百份，作接待专用。

不久，许冠果然带着师妹来应聘了。几位老总得讯，抬着年薪争他。

许冠果然不凡，入职后没几年，就在研发上申请了好几项专利。

断　桥

　　李哲从小是在陈墩镇的半月桥堍长大的，美好的童年在半月桥堍边戏水玩耍中度过。半月桥是座很老的石廊桥，恢宏结实。石桥上的每一块石，石桥缝里的每一丛老枝，在李哲的记忆里，都是那么刻骨铭心。后来，他考上了一所交通中专学校，毕业后，为了生计他离开了魂牵梦萦的古镇和老桥，落脚在一个人生地不熟的偏远小城，在一个不大的交通建设单位做些旁人看来可做也可不做的事。在远方小城的那些岁月里，李哲常常做梦，梦见家乡的半月桥。半月桥几乎占据了他潜意识的全部。每逢外出，他总是寻觅心仪的老桥，每每遇上那些年代久远、设计独具匠心、建筑精湛完美的老桥，他总有一种莫名的亢奋，童心复现，流连忘返，有一种说不清、道不尽的感觉。在他的宿舍里，最多的照片是各式各样的老桥，既是资料，又是艺术作品。李哲拍桥竟也拍出了名堂，在一次全国性的摄影比赛中，李哲的一幅《残桥》获得了银奖。

　　因为爱老桥，李哲原本平淡的生活不再那么乏味；因为爱老桥，电大女同学袁洁走近了他，愿意和他一起去看桥。两人约好礼拜天，夜幕降临后，在城南长廊桥小公园见，说好不见不散。

那晚，李哲去了。

这弯曲的长廊桥就是让李哲得奖的那老桥。两年前，李哲刚来到这陌生的小城，无所事事的时候，他常独自来这里走走。老桥的沧桑美，着实让李哲兴奋，在桥边待了一天又一天，拍了一张又一张长廊桥的照片。两年未来，长廊桥竟因年久失修，在他们相约前的一个雨夜轰然倒塌。李哲坐在南桥块小公园的树丛中，怔怔地看着断桥，失落的心若断桥一般狼藉。桥块的小公园，其实是长廊桥四周一大片的树丛。那晚，他在那坐到很晚很晚，一直坐到小公园里跳舞的大妈走完，他也没盼来袁洁楚楚动人的倩影，他失望了。失望的他拖着疲惫的身子，在一家夜排档上，闷闷不乐地独自喝了一阵酒，最终怎么回的宿舍，他也想不起来了。

那晚以后，李哲再也没有去电大上过一堂课，他也没有再去寻觅心中向往的老桥，想起老桥，他心中便涌起一种莫名其妙的酸楚感，他更没有勇气再与别的年轻女子相约看桥。

后来，李哲偶然遇上一位电大里的女同学，也是袁洁的闺密，说起那次约会，那位女同学为袁洁愤愤不平：李哲，你真绝情，人家袁洁，好几个男生追她，她都没理人家，你倒好，约了人家，却放她的鸽子，在人家心口上捅一刀，你真绝情！

李哲疑惑：没有呀，我在等她呀，我一直在等她呀，我一直等到她不可能再来的时候，才离去的。

在廊桥北堍的小公园里？袁洁的闺密问。

干吗要在北堍的小公园呢?！她怎么会想到去那北堍的小公园呢?！李哲一脸困惑，她不知道，南堍看桥，那桥才是最美的吗?！

那长廊桥塌了，在哪里看都早已无所谓了。

李哲怔怔地，无言以对。他突然惊悟：确实，自己太傻了。长廊桥塌了，南堍就不是最美的去处了，而此刻有一位佳人"在水一方"，等他，应该说那就是最美的去处，可他错失了。

几年后，李哲离开了原单位，跟着一个专门维修古桥的桥工队，拜师学艺，风餐露宿，渐渐走出了人生的低谷。

十几年后，李哲取得了可喜的业绩，成了古桥修复行业里有名的全能行家。当记者问他成功的秘诀时，他说：机遇有时就在断桥的对岸。

高 宅

　　虹村被允许老宅改建后，村尾尹二家首家拿到了批文。就在好些人家还在观望时，尹家就已拆了老屋，开挖地基打桩了。因村尾宅基处施工设备进不了，尹二雇了吊装船、平驳船，把挖掘机、打桩机、水泥灌浆机一一运到老宅基地上，摆开阵势。顿时，机器轰鸣、震天动地，引得全村男女老少前来观摩。施工队是专业的，施工人员身穿蓝布工作服、头戴黄色安全帽。还有工程师、监理师在现场坐镇。据说，风水大师也来了几回。村里一些精打细算的男人们听说尹二请的闲人比大师傅工资还高时，一个个瞠目结舌、唏嘘不已，纷纷感叹自家的钱可禁不起如此折腾。

　　其实，尹二家原先根本不是什么富庶人家，头两胎都是女孩，交了罚款才又生了一男孩，日子过得捉襟见肘。尹二在外卖耗子药，常躲东躲西，辛辛苦苦，勉强喂饱全家肚皮。机缘巧合，尹二遇上贵人，人家指点他用最简单的方法生产耗子药、蟑螂药，再批发给别人，让别人去推销。就这样，尹二挣了钱，开了厂，又有了更多的钱，一下子在村里趾高气扬起来。

地基挖好了，施工人员开始往地基坑里灌水泥浆，村里人见了都在嘀咕，尹二真的有钱，好好的地基挖掉，花大钱瞎折腾。尹家的地基原先是全村最低的，挖了更低，灌了水泥浆，一下子成了一个高高的平台。新房开建，图纸上规定两层半，因地基抬高很多，那新房显得特别高耸、气派，全村的老房子一下子黯然失色。于是，有能力的人家开始盘算着动土建屋的日子，缺钱人家也在盘算着怎么凑钱垒地基，先建个像样的屋壳子，谁家都不愿在建房上被人轻视。

尹二老宅左边是尹大的老宅，老大前些年去世了，宅基上的老屋一直空着。尹大有个女儿，嫁了个好人家。可以改建新房了，尹大女儿的夫家愿出钱，就在她二叔新房落成时，她买了二叔的图纸，留下了二叔家建房的原班人马，开始建房。可尹大女儿家才开挖了地基，她二婶不依了，非得要回图纸不可，说尹大丫头家照样子造出来的新房在东宅，如果地基一般高，就会把她二叔家的风水给压住了。尹二收了不少钱，在那里打哈哈，二婶却不依不饶，白天扯着嗓子骂尹大丫头家，晚上和尹二干仗，一时风云变幻，建房工地变成了硝烟弥漫的战场。久经沙场的二婶一人挑战众人，且越战越勇。尹大丫头家毕竟是客场应战，节节败退，乖乖地把地基收进了、降低了，原本图纸上的一些细节都被迫收敛了。尹大丫头家新建的房子，最终在视觉上似乎成了尹二家的辅房。尹大丫头家在建房鏖战中原有的锐气受了挫，新房建成，与二叔家成了冤家，那新房也空着，迟迟没装修。

尹二房后是尹三家，尹三是个残疾人，儿子有出息，是村里首位本科生，人称尹本科。尹本科好学上进，读硕又读博，如今在苏城当大学教授。尹教授心想买别墅很贵，不如花钱在老宅上建个新房，等自己老了也可回村住住，钓钓鱼，种种菜。尹三听儿子的，于是，尹三儿子打电话找二叔，把改建新房的所有事宜都委托给了二叔。就这样，尹三儿子的新房也很快建起来了。地基自然跟尹大丫头家的一般平。尹二还在尹三的老宅上辟出个小停车场。钱，自然算在尹三儿子新房的总造价里。这样也解决了尹家子女们开车回家的停车难题。村里知情人说："尹二狠赚了自家侄儿一笔。"尹三儿子每每与二叔通话时，总听得一旁二婶咯咯的笑声，就对父亲说："建新房找准人了，又省心又省却好多麻烦，以后还有人帮着看护院子了。"

见尹家那一大片气派的新房，虬村其他人家也陆续开始建房。不料想矛盾也接踵而至。尹三儿子新房建地基时，他们二叔、二婶自然义不容辞地站出来捍卫，近邻的，半寸也不能高。而尹大女儿新房近邻的地基，他们二叔、二婶也不许高半寸。人家讥讽他们："尹大丫头家的地基跟你们半毛钱关系也没有！"尹二婶自然冲锋陷阵，说："那也是我们尹家的。"最终，以尹二家完胜收局。

如此一来，虬村新房改建时，地基高度成了导火索，谁家稍越雷池半步，便会引发一连串的争战。明战不成就暗战，结果镇上批方案的公务人员因私下拿了村上人几条好烟被人举报受了大处分，几家私企老板起初牛气冲天最终被人匿名举报污染环境，逃税被处罚，顿时夹紧尾巴，收敛牛气。

两年后，虹村家家户户都建成了新房，然而左邻右舍大多因造房时心存郁结，形同陌路。

尹二家新房高高的，人家都戏称它为高宅。然而让尹二家苦恼的是所有通向那高宅的村间道路，都因围墙打的是直角而拐不了弯。奇怪的是那些人家的院子都是一样的模式，进自家院子的那个墙角都有意截为圆角。截进的圆角正好让自己的小车拐弯，而朝尹家高宅方向村道的围墙全是直角的。驾车拐这样的直角大弯，即使你有再大的本事也白搭。

于是，虹村最先建成的曾经显山露水的"高"宅，一下子成了因进不了小车而苦不堪言的"孤"宅。

给第一个路人拜年

陈墩镇有一个新年习俗，就是大年初一早上出门后，要给第一个遇上的路人拜年。拜年，自然与打招呼不同。拜年，有一种庄重的仪式感，需要拜的人内心虔诚。拜的人往往是小辈或辈分低的人。拜年得事先想好祝福的词语。受拜的人往往需要回拜，回拜不免要讲上几句吉祥话，还得赠些小礼，比如给孩子两元或五元的红包，或一把花生米，或一把糖果，当然也有差不多辈分的男子之间，回敬一支好烟。

这个习俗起于什么年代，镇上没人考证。镇上人都遵循着这一新年习俗。

住在青龙桥堍的项二，习惯早起。每日早起后，项二就沿上塘街溜达一圈。大年初一自然也不例外。

项二走了一段路，忽然见前面红木桥堍出现一个拄着拐杖的人影，心一惊。这人不是别人，恰恰是多年没见的哥哥项大。

早些年间，项二住在青龙桥堍，项大住在红木桥堍，兄弟俩有事没事就串串门，一起或乘个凉，或孵个太阳，或抽几支烟，或抿几口酒。只是爹娘过世之后，为了爹娘留下来的房子，弄得兄弟俩有点不大愉快。爹娘都是镇上供销社的老职工，住的房子是供销社分的。到了房改那年，供销社让职工们把各自住的房子折价买下来。爹娘说没钱，项大就凑了些钱帮爹娘把房子买了下来。当时，项二还在徐州煤矿，自然不大清楚家里的事。等爹娘过世后，那空关的房子正好轮到供销社拆迁盖商场，于是，那房子换到了两套小户的新房。按理说，弟兄俩一人一套是没有异议的，项大提出爹娘的房子是自己筹钱买的，虽便宜，但也花的是真金白银，把家底掏空不算，还欠了一身的债，还了好多年，因为那时实在没钱。项二说，爹娘也没留张字条什么的，我凭啥信你。为这事，兄弟俩闹翻了，闹到几乎要对簿公堂的地步。兄弟俩一下子成了陌路人，路上远远见了，总是你走上塘街，我就绕走下塘街。到了逢年过节、婚丧嫁娶啥的，兄弟俩也是能避则避。最近几年，项二好久没见项大了，听人说项大去儿子那里住别墅了。没想到，几年没见，项大竟然拄起了拐杖。

项二犹豫着，但他没有绕走下塘街，因为按照陈墩镇的新年习俗，大年初一不能不给第一个路人拜年。

可能项大也看见了他，也在犹豫，只见项大在走廊的长椅上坐了下来。

项二犹豫再三，还是硬着头皮朝项大坐的长椅那边慢慢地走了过去。走近了，作了个揖，说："给你拜年。祝你鸿运高照，健康长寿，儿孙孝顺……"

项二像小学生背课文一样，把所有能够想到的拜年祝福词说了一遍。项大站起来，诧异万分，嘴里喃喃着，在回礼。

拜了年，项二觉得自己一下子脱胎换骨似的，很轻松地继续朝前溜达。

"老二，"项大叫住他，"这是你喜欢喝的自酿米酒，我今年新酿的，你尝尝。"

项二回身，接过项大递上的米酒。这也是陈墩镇新年的习俗，给人拜年是不能不收别人回赠的礼物的。

溜达了一圈，项二回到了家。打开项大赠的自酿米酒，倒了一杯，喝了一小口，不醉也醉了，那酒还是他早年喜欢的口味。项大早年在供销社时，跟爹学了一手，那就是自酿米酒，酒很纯，有回味。除了项大，镇上没人能酿。项二自从兄弟俩闹翻后，就再也没能喝上项大的自酿米酒了。

项二喝着酒，儿子带着媳妇、孙子来拜年。

项二说："你大伯回来了，你待会儿也去拜个年。把我晒的那腊肉也带上。他好那口。"

儿子惊诧不已，生怕听错了，问："哪个大伯呀？"

项二说："还能有哪个，你就一个大伯！"

儿子去了。

项二连喝了几杯米酒，有一种想哭的感觉。

傍晚时，儿子独自过来，跟项二说："爹，大伯让带样东西给你。"

"啥呀？"

"你自己看。"儿子取出两本证书，一本房产证，一本土地证，说："上面写着你的名字。"

项二没看自己的名字，径直回房，取了一沓钱，跟儿子说："这些钱，你去给大伯。那些年，我在外面煤矿里工作，是你大伯照应着我们老项家。"

儿子拿着钱，项二突然说："再跟你大伯说，米酒，我喝过了，还是早先那味道，没变！"

儿子"嗯"了一声，拿着钱去了。

剐蹭

　　李斯半夜开车回家时，发现自己的车位又被一辆灰色面包车给霸占了。这车位是李斯当初买房时花五万元一起买的，且每年还得交一千多的管理费。唯一的凭证是小区物业给了一张停车位卡。可还是常被一些不讲道理的车主霸占。无奈之下，李斯只能倒着把车移出来，不料想车尾稍一移动，却把楼边转角处的一辆旧摩托车给剐蹭了一下。过道的转角处怎么会停着辆摩托车，李斯不得而知，只觉得被剐蹭的摩托车像个风烛老人一般晃了晃倒在墙角上。李斯下车扶正摩托车，发现那车已破烂不堪。虽然只是一个小剐蹭，但旧摩托车原本破烂的上挡风板和同样破烂的下挡泥板却裂得很夸张，玻璃碎片散落一地，似一个耍赖的小孩。

　　李斯移开旧摩托车，把自己的小车退出过道，移出小区，停在公用收费停车场，这才返身回转角处，仔细端详了一番被剐蹭的旧摩托车。

　　李斯从口袋里掏出烟盒，拆开，在反面写道："不慎剐了你车，见谅！可与我联系，我愿赔偿。"李斯又在纸上留了自己的手机号码，这才把烟盒纸搁在旧摩托车车头前挡风玻璃缝隙里。

第二天，李斯跟朋友李渊说起这剐蹭的事时，李渊问，转角有电子探头不？李斯说，没！李渊又问，绝对没?！李斯说，绝对没。李渊道，这你就傻了。人家霸占你车位，你有一百个理由把那车堵在车位上。你好心花了冤枉钱，这是一傻。为了让车位，剐蹭了人家的破摩托车，又留字条上赶着认领，等着挨讹，这是二傻。

李斯说，一个小区，抬头不见低头见，谁会讹我?！李渊说，人家躲都躲不及，你倒好，主动认了。李斯说，做人得有底线。

第二天，没动静。第三天，仍没动静。第四天、第五天，平静无事。

就在李斯不再牵挂剐蹭一事的第六天，他接到了一个陌生的电话。

来电男子口气很平和，问，你撞了我的摩托车？

李斯说，是的，没撞，轻轻剐蹭了一下。

男子问，怎么说？

李斯答，愿赔偿你。我们见个面。

男子说，这星期我上夜班没空。

李斯说，你定时间吧。

过了几天，男子来电了，约了，见了面，喝了酒，脸红通通的。

男子说，怎么赔偿，你说吧。

李斯说，你去修吧。

男子说，车是你撞的，该你去修。我修，误工费谁出？

李斯心头一紧，小区门口不是有个两用修车铺？

男子说，我这车厂里已停产了。没配件，没法修。

李斯说，那你说个价，我赔你现金。

男子说，这车被你撞得没法开了。买新车，上牌照得花钱、托人。我去看了，买一辆一般的，一万六。一人一半，你贴八千。

李斯鼻子哼了一下，说，从没听说剐了一下赔整车的。

男子说，那你愿赔多少？

李斯伸出两根手指，说道，二百，最多二百五。

男子一甩手，说，那你照原样给我修好。说着，气呼呼地上楼去了。

李斯只能报警。交警过来，让两个人去交警队做笔录。男子不答应，冲李斯说，你不给一天三百误工费，我是不会去的。

李斯报保险公司。定损员过来了，看了旧摩托车，要了行驶证、驾驶证。定损员跟那男子说，你车的行驶证早过期三年了。你那车是辆不能上路的报废车，卖给收废品的也只值二三百。公司可走简单程序赔你五百，最多八百，但我得向上级主管申请。如果你不服可以起诉。定损员又跟李斯说，没您事了。

男子向定损员耍赖。

过了半天，定损员来电说，简易赔偿最终定了，受损车主先拿了五百元赔偿金，余下的三百等上级主管批下来再付。

　　李斯悬着的心终于放下了。可停车的事仍令他纠结。这天晚上回家，自己的车位又被那辆灰色面包车给霸占了。

　　李斯找了几遍，竟在车头上发现了一个挪车电话。李斯打过去，是个外地电话，接电话的是名女子。女子口气平和地说，开车的喝了酒，我送钥匙过来，你开。

　　李斯说，手动挡，我不会开，算了。李斯又把车移出，又一次险些把转角的那辆旧摩托车撞了，又一次把自己的小车停在小区外的公共停车场，又白白花了二十元停车费。

　　第二天中午，那灰色面包车仍霸占着李斯的车位。李斯再次与车主联系，电话一直没人接。

　　李斯跟李渊讲了前因后果，李渊过来二话没说，用李斯的车把那灰色面包车给堵了，说，你傻呀，车位是你花五万买的，你得让他赔偿。说着，李渊一不做二不休，干脆把李斯的车钥匙也带走了。

　　堵了两天，终于有人打李斯的电话说，你把我车给堵了。

　　李斯一看来电，眼熟，竟是旧摩托车车主的电话。

过道床

　　入冬，北方的一股强冷空气蛮不讲理地向一贯温暖的江南大地直逼过来。前几天，大街上还满是五颜六色的短裙、T恤衫，一转眼间，满街的男女老少全换上了严实的冬装。

　　蓦然而至的寒流，使得市里原本一向爆满的几家大医院更加拥挤。曾任医生、院长的老徐，也一下子明显感到自己身体的不适。头涨、气急、腿软等，老徐知道自己血压上来了，哮喘犯了。老徐给儿子打了个电话，说自己有点不舒服，不过这是老毛病。儿子说，那你先去医院看看，我眼下正有些事忙着，等我忙完了抽空过来看你。老徐说，不碍事的，天突然冷了，老毛病发作了，这些病我自己能对付。

　　老徐捂得严严实实的，拄着拐杖，在保姆的陪伴下打车去了市一院。市一院其实还是在老徐手里正式成立的，原先只是一家私立诊所，老徐是第一任院长，只是五十多年过去了，时过境迁，医院规模扩大了几十倍，原先的医生一批批已经更换了几茬。现今在职的医生，即使最年长的，也几乎不认识这位曾经的老院长。

老徐到医院后，保姆转了一圈，过来跟他说，徐老，心血管科、呼吸科所有的专家号、普通号都挂没了，只能看急诊了。

到了急诊处，也同样是人山人海，只是气氛更紧张，一个个表情或痛苦或漠然的病人，正无可奈何地等待着急诊医生的简单的问诊处理。救护车似乎也比平时更忙了，但凡有救护车到，急诊医生便要几头奔忙。

老徐先到急诊分诊柜台，跟分诊护士说自己头有些涨，呼吸有些喘。老徐知道，在医护人员面前，自己不能表现得过分专业，只能装作啥也不懂。护士一量血压，诧异地说，老爷子，你这么高的血压，要紧呀。你得马上住院，先进急救室。护士把老徐交给医护引导员，一路绿色通道，进了急救室。其实，急救室里也到处是病员，所有的床都躺满了人。护士让老徐躺在急救室外过道里的临时急救病床上，医生过来问诊并麻利地列出急救方案，忙碌的护士来来回回给他接上氧气，输上药水，按上监视仪器，还时不时过来记录一些他的监控指标。老徐一边躺着一边想，现在医院发展真快，规模真大，光这急救室，就赶得上当初整个医院的规模了，医生更多了，设备先进更没说的。

保姆过来跟老徐说，徐老，您儿子打电话来问您的情况。老徐说，你就跟他说，不碍事的，就说我在医院已经挂上水了，挂挂水就好了，没事的。

老徐就这么在急救室外的过道里躺着，一拨拨上下班交接的医生、护士都会到他的床边，记录着、交接着。入夜，保姆就裹着大衣，蜷在病床旁，静静地候着。而过道里的临时病床越来越多，甚至连这临时的过道病床都已经没法再挤进来了。家属们埋怨病床安排，医生护士们似乎已经习惯了。

第二天，老徐在过道的病床上躺了整整一天，一拨拨上下班交接的医生护士仍旧例行公事地到他的床边，记录着、交接着。第三天仍旧如此。

儿子简短的电话，每天来一个，老徐总是说，没事，在挂水呢，你忙你的。

到了第三天晚上，急救室里的医生、护士突然多了，还来了好几个好像是医院的中层干部，他们不停地指挥着过来的后勤人员整理急救室环境，看他们急促、忙碌的样子，似乎有啥重要的领导要来。

躺了几天，老徐的时间感变差了，反正是睡了醒，醒了再睡，全身插着管子，使他不再像刚躺进来时那样头涨得厉害，呼吸那么急促了，他可以从从容容地躺着，模模糊糊地回忆一些昔日医院里的点点滴滴。

一阵急促的脚步声把老徐从模模糊糊的睡意中唤醒。过了一会儿，只见有好些戴着口罩的人过来，过道里多了好多人。有医院领导模样的人在向来的人介绍着什么。

那群人走过去了，又回过来。走在前头的人，拉下口罩，弯下身子，看着他，轻声问，爹，你怎么在这里呀？

老徐定睛一看，见是儿子，反问，你怎么知道我在这里？你怎么来的？

四周的人都惊呆了，医院干部模样的人首先反应过来，急忙说，徐市长，真的非常抱歉，我们实在不知道您的父亲住在我们医院，这是我们工作上的疏忽，我们马上安排。值班医生忙说，院长，那边病房里实在没有病床可以安排，但我们会想尽方法，马上安排。

老徐说，我在这儿挺好的，我哪儿也不去，儿子你去忙你的吧。

徐市长跟院长说，不用换了，听我父亲的。他曾是这个医院的第一任院长，这是他的家。说着，徐市长跟过道里的病人和家属鞠了一躬，说，对不起大家了，我们这次过来就是来考察市一院的扩建问题，城市在发展，城市规模这几年一下子扩大了六七倍，人口增加了几百万，医院已经容不下了，我们将马上着手新医院的建设，请大家再坚持一段时间。

徐市长一行走后，过道异常安静。有病员家属过来跟老徐说，徐老，您也躺在这里，我们就没话说了。

化 妆

钱毅、郁运、谢佳三个人是省农大的同学。

临毕业那年，陈墩镇政府专门到大学拟招一批专业对口的应届大学生进村当村干部。

钱毅是学生会干事，消息自然比别人灵，一得到消息，便动员自己最要好的郁运、谢佳一起报了名。

陈墩镇，他们听说过，全国千强镇排行榜上名列前茅的富裕乡镇，他们觉得从最基层的乡镇干起，同样会前程似锦，可以一试。

几轮考试，他们仨都顺利过关，一起被录用了。

拿到毕业证书，钱毅、郁运、谢佳一起来到陈墩镇。人生地不熟的他们，感到眼前一片迷茫，今后的一切需要从头开始。

才到乡镇，镇上没有给他们安排实际性的工作，先是进行了一个月的上岗培训，紧接着组织安排他们到乡镇各个工作部门轮流见习，熟悉乡镇基层工作。

这段时间正是陈墩镇的非常时期，在陈墩镇任职多年的党委书记王书记本次任期将满，是连任还是另谋高就，目前仍是一个未知数。王书记任期内，陈墩镇各项经济事业的发展都是前所未有的，王书记非常想在他到任之前搞一个比较隆重的庆典。巧的是这年也正是陈墩镇撤乡建镇二十周年。王书记有意把当年的第一任党委书记、如今的市委书记李书记请来，为陈墩镇的发展做总结性讲话。

庆典定下来后，镇党政办、宣传办、文体站便开始夜以继日地做方案、找创意、排节目，忙得不亦乐乎。

钱毅在党政办见习，参与重要文件的起草，责任重大；谢佳在文体站见习，她擅长的文娱技艺得到了发挥，她自然成了这次庆典筹备的骨干。钱毅、谢佳清楚，一把手书记让办的事，千万不能有所疏忽，这是表现实力的最佳机会。而郁运正好轮到在信访办见习，空的时候整天没事，忙的时候吃饭睡觉都顾不上，自然跟镇上眼下的主要活动稍有脱节，甚至连一些最起码的排练也只能三天打鱼，两天晒网。只是，有一个节目全党委、政府的干部都得参加，那就是大合唱，镇上为此专门邀请了全国知名的歌词作家和歌曲作家创作了《陈墩镇之歌》。王书记亲自过问大合唱的排练，明确指示，大合唱表演时所有的人都得化妆。为此，镇党政办事处事先与市里的几家文化庆典公司沟通，请了几位专业的化妆师提前在会议室外恭候。

到了庆典的那天，全镇用鲜花、彩旗点缀，洋溢着节日的气氛。市委书记也兴致勃勃地来到镇上，电视台记者来了好几组。

《陈墩镇之歌》大合唱，安排在整个庆典的高潮时刻，一百多位党委、政府官员喜气洋洋地登台表演。王书记居中，他就是这样的人，他要求别人做到的事自己自然身体力行。专门安排一位化妆师在庆典前为他化了妆，化了妆的王书记神采奕奕、光彩夺目，其他的官员自然是众星捧月。台下观众朝台上看的时候，都啧啧称赞，说今天的干部们真的很精神。就在这时，观众也发现了异样，那就是同样站在中间的二把手汤镇长却一脸阴沉，黯然失色，显然，他没有化妆。大家用挑剔的眼光在台上反复巡睐着，发现竟然还有一人没有化妆，这人大家不太熟悉，互相询问了，才得知那是镇上新招的大学生郁运。大家都在窃窃私语，猜测着这新来大学生的来头背景。

庆典结束，郁运约钱毅、谢佳喝酒，这日正好是郁运的生日，他们仨有这样的约定，谁生日谁请客，不醉不休。可这天，钱毅说党政办有聚会，谢佳说文体站有聚会，郁运没约成。郁运知道那天不是庆祝生日的时候，也就没往心里去。

过了几日，郁运在政府机关大食堂吃饭，看见钱毅、谢佳坐在一起吃饭、聊着啥，便习惯性地端着饭菜去那桌坐，两个人见了顿时脸色异样，也顾不得掩饰，站起来匆匆就走，郁运估计两个人太忙，吃饭时也有要紧事，也就没有往心里去。直到一段时间后，郁运发觉钱毅、谢佳一直躲着自己，也不知自己什么地方得罪了同学，心里有些茫然。

两个月后，就在郁运习惯于独来独往、准备考研复习的时候，钱毅、谢佳不约而同地主动跟郁运联系，说前一段时间实在太忙，耽误了老同学的生日，想最近选一个吉利的日子，为老同学补办一个生日聚会，不醉不休。有人惦记着自己的生日，郁运自然心存感激，前一段时间心里的茫然也就烟消云散了。

补办的生日聚会上，喝了一点酒的钱毅、谢佳，不住地追问，你和汤镇长是啥关系？

郁运说，我们没啥关系的。

钱毅、谢佳不相信，说，肯定有天大的秘密瞒着我们，你比我们都清楚，否则，你不会在大合唱时冒那么大风险的！

郁运有点蒙了，问，啥风险？

不化妆呀！只有你跟汤镇长没有化妆呀！

没人跟我说要化妆的呀！郁运说。

过了几日，郁运听信访办的同事在说，一把手王书记任期已满，调去市里工作了，二把手汤镇长升任党委书记，成了陈墩镇的一把手。

汤镇长升任汤书记后，开始干部人员调整。钱毅和郁运被安排为村主任助理，谢佳留在文体站任站长助理。

赴任前，钱毅、谢佳专门祝贺了一下郁运。郁运说，有什么可祝贺的？

钱毅说，这次大学生入村，虽然都是村主任助理，可唯有你被安排到离镇最远、条件最差、谁都不愿意去的虬村，明摆着，你是被安排去锻炼的，会很快被提拔的。

郁运没有多想，接了任命便入了村。

（刊于《小说月刊》2021年第4期）

画房子

　　苗筠跟奶奶过日子。苗筠喜欢画房子，画了各式各样房子的画，贴满了他和奶奶住的旧房子。苗筠知道，爹在城里造房子，每天起早摸黑。苗筠也知道，爹心中藏着一个大心愿：买上房子、让苗筠进城，像城市孩子一样念书。

　　苗筠在村小学念书，特用功，功课挺好，常受老师表扬。

　　二年级时，村小学来了位支教的李老师，李老师会画画，常带苗筠他们去画山画水画房子。苗筠问："老师，我爹在城里造房子，你能教我们画城里的房子吗？"老师答应了，从手机里翻出各种房子教他们画。苗筠画了座房子，四周都是高楼，有电视塔、公共汽车，还有公园。苗筠的房子，一个窗户里，爹娘咧嘴笑着；另一个窗户里，奶奶咧嘴笑着；小阁楼的窗户里，苗筠也咧嘴笑着。房两边，苗筠画了好多美丽的花草树木；房前，苗筠画了小狗、小猫、小鸡、小鸭。苗筠还用爹给他买的彩笔，仔细涂上五颜六色。苗筠把画交给老师。李老师在画上工整地写道：最美的画。

放学了，苗筠拿着自己的画，拿着，他突然心血来潮把画展开放在胸前，画很大，他的胸很结实，靠小跑的速度，画竟紧紧地贴着身。苗筠得意于自己的创意，就这样爬山、跨桥、过田塍、穿小村。肩左右微侧，手臂伸展，快乐如小燕。

路人见了，啧啧称赞，都说，苗筠将来定有大出息。

冷不防，一阵斜风吹来，画被卷走，扬起，滑落桥下，透湿。湍急的溪水带着画漂向远处，溪水和小石峰把画撕扯得支离破碎。

苗筠哭了，抽搐着，两个小肩胛一颤一颤的。

苗筠特别伤心，他本想把这画带回家让奶奶托人捎给在城里造房子的爹爹。

第二天，苗筠破天荒地逃学了，他小小的心灵受到了深深的打击。

李老师翻山来到苗筠家，知道苗筠的心结后，跟苗筠承诺："只要你能画出更好的房子，老师就再给你写上'最美的画'的评语。"

苗筠画呀画，花了整整一个星期，又画了一幅更美的画，有他梦中的房子，四周有高楼，有电视塔，有公共汽车，有公园，有花草树木，还有小狗、小猫、小鸡、小鸭……

李老师等了他整整一个星期，信守自己的承诺，工工整整地在新画上写上了那句让苗筠心动的评语。其实，原本李老师支教的时间到了，新来支教的老师也早到了。为此，李老师推迟了回城的行程。

回家过年

临近过年，周家屯出来的哥们儿开始掐指盘算着启程回家过年的日子，只是心里还一直没有底。

腊月廿四日的晚上，周大牛把他带出来的三十几号人聚起来，找了一家大排档一般的火锅店，搬了十几箱啤酒，说是辛苦了一年先请大伙过个小年。大伙闷闷地喝着酒。周大牛没喝，他不住地跟这个或那个老板通话，他不停地催着这笔或那笔工钱。

周大牛是个小包工头，手下三十几号人，都是他从老家带来的，沾亲带故，都是一流的干活好手，只是他们没设备、没资金、没资质，承包不了大工程，只能在人家承包的工程中干些最累最苦的活儿。年前该是结算辛苦钱的时候，按理大伙可以拿了工钱开开心心回家过年了，他们却还在愁着讨工钱。让他们干活的几个大包工老板一个个耍起赖来，拖着他们的工钱，还跟他们玩起了"躲猫猫"，他们辛辛苦苦干了一年的工钱眼看着要打水漂。最后，还是高人相助，把那几个耍赖的包工老板一一告上法庭，法庭判了，他们才拿到了一部分工钱。但有一些还拖着，过年似乎是大伙祈盼着的最后期限。

周大牛是个爽直的汉子，他跟工友们说："我手上的工钱，先一分不少地发给大伙。大伙先放宽心回家过年。我在这里等最后几笔款项，吃年夜饭之前，我就是借也要把工钱全额送到大伙手里。"

有周大牛这句话，大伙心里也就踏实了一些，这才放开了喝酒，把火锅店的啤酒喝了个底朝天。

第二天，大伙三三两两结伴赶车回周家屯了。

大伙走后，周大牛又马不停蹄地追账，即使是几千块的小账也毫不含糊地追着要。那几笔大账，他更是一宿宿堵在人家家门口。一直到小年夜傍晚，他终于追到了那些工钱。周大牛顾不得欣喜，把大沓大沓的现金绑在摩托车上，确保钱捆结实了，拉了老婆就上路朝老家赶。

沿着 318 国道一路西行，一千多公里，遥远而漫长，但是周大牛却义无反顾。一路上，饿了，就着热水，啃几个白馒头；困了，找个避风的墙角，眯上一会儿；手脚冻麻了，跺跺脚、搓搓手再走。老婆不放心，她便用包装带把自己和大牛紧紧地捆住，又生怕大牛打盹儿，不停地跟大牛说话，一觉得大牛没话接嘴了，就拼命地拍大牛的背。走走停停，他们进入了江西境，风大了，刺骨疼，浑身上下几乎冻僵了。他们好不容易找了家小面馆，一大碗面加小半碗辣子下肚，方觉得身子稍稍暖和过来。

周大牛找了个没人的地方，跟先回家的几个哥们儿通了个电话，让他们告诉大伙，工钱全要回来了，一分钱没少。他们正在路上，估计能赶上吃年夜饭。

电话里的哥们儿说，家里在下雪，一路上千万得小心。

周大牛通了电话后，继续上路。身子暖和了一些，摩托车开起来也轻松了许多。

周家屯在山里，山不高但路崎岖。

周大牛驶近山区时，遇上了雪，先是飘飘扬扬的几片，越是进入里面，雪越大。摩托车在雪地上开，时不时打滑，十分小心也无济于事，摔了几跤，摔疼了，老婆再也不敢坐车了。周大牛只能开开推推，过了窄道弯道，才又驮着老婆小心地开一段。

眼看天色已黑，周大牛离屯还有几公里的山路。他一急，稍一踩油门，摩托车又一个打滑，竟然斜着朝山路滑去。周大牛根本使不上劲儿，那捆着钱和行李的摩托车连同两人一下子摔进山沟里。还好，沟宽又不深，两个人支撑着爬了起来，互相拉扯一会儿，见腿脚手臂都没啥大碍，周大牛笑了，老婆终于忍不住一屁股坐在雪地上哽咽着。

就在这时，有人在唤："大牛，是大牛吗？"

大牛应声。

来人扛着雪铲，出现在大牛的视线里，大牛定睛一瞧，是先行回家的二艮，干活儿的一把好手。有二艮相助，周大牛重新把摩托车推上了山道。不远处的山上被二艮铲出了一条车道。

周大牛拍了拍浑身的雪，重新打起精神，驮着老婆沿着新铲出的车道朝周家屯的方向驶去。转一个弯，又见一人在铲雪。

那人在唤："大牛，是大牛吗？"

大牛应声。

周大牛也没看清是谁，就又朝前驶去。天色已很黑，断断续续，一路上有人在唤："大牛，是大牛吗？"

大牛应着，他知道那些是他的工友们。

有人不仅铲了雪，还点燃了火把，弯弯曲曲的山道上，星星点点的火把摇曳着，一直延伸到周大牛的老屋门口。几个年岁大的屯里人正和大牛的爹娘在门口，翘首盼望着大牛两口子的归来。

在火上狠狠地烤了一通火，周大牛两口子稍稍缓过神，便让人帮着解行装。当大沓大沓通红的现钞被周大牛像宝塔一样摞在长桌上时，大伙的脸上荡漾着灿烂的笑容。

先行回家的工友们陆陆续续聚到周家来了，就像事先约好似的，大伙没有一个空着手，有端着锅的，有提着酒的，还有更夸张地扛着八仙桌长板凳的。

周大牛顿时也明白了大伙的用意，示意大伙腾了块空地，摆上了几张八仙桌，放上了长板凳，让几位长辈先落座，年夜饭也就热热闹闹地吃开了。看着宝塔一般的现钱，大碗喝酒，大块吃肉，大伙的眼眶湿润了。

酒过三巡，有人出门在场上放爆竹。这里爆竹一起，远处有了回应。山坡上，先疏后密，先近后远，爆竹声在山谷中久久回荡。寂寞已久的周家屯一下子沸腾了，整个屯子深深地沉浸在久违的年味中。

　　大伙突然想到该一起向大牛敬酒时，大牛不见了。找了半晌，有人在灶间灶门前的柴火堆旁找到了大牛夫妻俩，他们正依偎在一起烤着灶门里的火，睡着了。

剑走偏锋

陈墩镇幼儿园老园长退休后，新园长人选却一直迟迟没有定下来。

负责教学的副园长李玲，幼师科班出身，能歌善舞，孩子缘特好，好多学生家长喜欢她，都希望她能接任园长。

负责园务管理的副园长秦琴是个能人，上上下下，里里外外，都被她打理得井井有条。虽说她是半路入行，在教学业务上比李玲略逊，但还是有不少人希望她能上位，给大家带来更多的实惠。

镇上领导和人事部门，也组织了对新园长人选的考察，李玲和秦琴几乎各占一半得票，不相上下。

李玲不动声色，而秦琴却坐不住了，一日几次跟丈夫唉声叹气，说自己一向和李玲意见不一，现在又是李玲的竞争对手，若是李玲一旦坐上园长宝座，她秦琴在园里的日子就不好过了。

秦琴的丈夫江老板更是位能人，生意场上有一大帮朋友，能呼风唤雨，几乎没有办不成的事。一日，朋友相聚，江老板让朋友们出出主意，如何让自己的老婆在竞争中顺利当选。

资深的徐老板说，这容易，把镇上书记、镇长、分管镇长、组织委员、文教助理，全都邀请上，好好撮一顿，每个人准备个大红包，保管成。

年轻气盛的李老板马上提出异议，说，现在跟过去不一样了，现在干部一见吃饭，一见红包，人溜得比兔子还快，人家躲都躲不及，谁会应邀?！

一众老板都感慨说，吃饭、送红包，这是老掉牙的玩意儿，行不通了。现在的干部没有一个会在这种小儿科的玩意儿上犯错误。这是上不了台面的事。

一直被人捧为有点阅历又有点知识的孙老板开口了，我说，现在这情形得剑走偏锋。

众老板问，何谓剑走偏锋?

孙老板说，既然嫂夫人在业务上抵不过人家，那就不在业务上跟人家比。充分利用我们的资源，发挥嫂夫人的特长，搞政绩。

众老板问，这怎么弄?

孙老板说，大家都是生意上的朋友，江夫人有难，众人有钱出钱有力出力。嫂夫人一旦当上了园长，自然也不会亏待大家，你们小三、小四的孩子尽管送来。

众人一边笑着大骂孙老板，一边慷慨认捐。

做毛绒玩具加工的徐老板慷慨地说，全园孩子，每人一个玩具，我认了。

众人鼓掌。

做纸品印刷的李老板不甘落后，说，全园孩子，每人一本绘画册，我认了。

众人鼓掌。

做服装加工的欧阳老板说，全园孩子，每人一件有安全标志的卡通小马甲，我认了。

众人鼓掌。

做团餐的许老板说，我每周一次给幼儿园老师、学生提供加餐，连续三个月。

众人鼓掌。

做涂料生意的周老板说，我其他的事帮不上忙，我厂里各种涂料有的是，只要幼儿园上下都同意，我挑个周末，把个幼儿园里里外外涂得漂漂亮亮的。

众人鼓掌。

秦琴丈夫江老板站起来给众老板敬酒致谢，说，关键时刻见真情，事成以后，我取出家里存的十年茅台答谢诸位。

众老板自然言而有信，聚会后几天，大家承诺资助幼儿园的毛绒玩具、绘画册、小马甲、餐食等一一到位。幼儿园也一次次举行热闹的接受捐赠仪式，并把镇领导也请来讲话。

到了这时，幼儿园的好多老师、阿姨都说，秦琴真有能耐，她当了园长，幼儿园肯定差不了。可就在这些捐赠过来的毛绒玩具、绘画册、小马甲等小物件发到幼儿手里没几天，家长们察觉出了一些异样，特别是全园的墙面重新粉刷后，午餐多了加餐后，有好些孩子开始起疹子、咳嗽、拉肚子，更有几个孩子出现了哮喘的症状，挺厉害的，叫了救护车，送市医院，说是过敏了。

家长圈里一沟通，所有的家长都觉得问题出在幼儿园接受的捐赠物品上。家长们自发聚到幼儿园，讨要说法。有好几个家长收集了孩子生病的证据，要求园方赔偿。到现场的镇领导，也察觉出问题，把幼儿园、家长和捐赠物品的老板聚集起来，商议解决办法。可是，所有的老板都一口咬定自己的捐赠物品是安全合格的，谁也不愿承担任何责任。

家长们这才枪口一致对准秦琴，责问秦琴，他们声称捐赠的物品是通过秦琴的渠道来的，自然得她负责。每家每户的孩子都是宝贝。随着一个个生病孩子的信息越来越多，镇上领导整日被家长们缠着，一个个被缠得焦头烂额。

秦琴整日以泪洗面，在家时骂丈夫，什么狐朋狗友，净用些伪劣产品祸害孩子；在幼儿园时，跪着给家长们赔不是。

就在家长们追着秦琴要求赔偿时，秦琴的丈夫江老板突然失踪了，据说失踪前就已经与秦琴办了离婚手续，而秦琴却疯了，被送进了精神病院。

家长不信，都说江老板玩的是假离婚，秦琴是假疯。

（刊于《小说月刊》2019 年第 9 期）

姜敏画房子

金泾村的二艮,前些年嘴上常常叨念着省城来的姜敏。姜敏是插队青年,早年来金泾村后就住在二艮家。姜敏是个聪明人,啥都懂,却又是个呆瓜,啥都不会。到乡下干活儿头一天去河边捞水草,脚滑掉到深水里,差点淹死,幸亏二艮身手不凡,一个猛子把姜敏拉上岸。其实,二艮不只是姜敏的救命恩人,还是姜敏在乡下的精神寄托。姜敏独自在乡下生活了这么多年,是二艮形影不离地陪伴他、帮衬他。

1977年全国恢复高考制度后的首次高考时,聪明的姜敏一下子就考上了省城非常有名的建筑大学。临行时,姜敏抱紧二艮,动情地说:"二艮哥,以后不管我在哪儿,但凡你有需要,给我来个信,我一定帮你。"其实,二艮这么多年陪他、帮他,也不图人家回报,他图的只是二人心里都有对方,都把对方当兄弟。

到了二十世纪八十年代,乡下有能耐的人开始办家庭小作坊赚钱。二艮学过木匠,听人说做木头的鞋跟内芯能赚钱,就办了家鞋跟生产厂，请些帮手，没几年就赚了不少钱，成了村里最先富起来的"万元户"。那时，万元户都流行在老宅上翻建新居，二艮也想翻建，这是光宗耀祖的事，想造得气派一点，也好让人另眼相看。于是，二艮就想起了姜敏，想起了姜敏临走时讲的心里话。这时，二艮已听人家说，姜敏大学毕业后又留在大学里当老师，画画挺有名。二艮就想，如果让姜敏画个房子依样造了，那他二艮在村里，甚至在乡里，一定非常有面子，这可是"扎台型"（形容出风头）的事，人家就不会再嗤笑他攀姜敏的高枝，他二艮本来就是姜敏的兄弟。

二艮私下里跟老婆说，让老婆着手准备些姜敏在乡下时喜欢吃的土特产，赶个大早，去省城找姜敏。

在省城，一说建筑大学，谁都知道，到了大学再找画画的姜敏，也挺容易。只是，办公楼的传达室大爷说，姜敏在忙画展，这些天不一定在办公楼。二艮让大爷转告姜敏，就说金泾村的二艮来了。到了傍晚时分，有个女学生过来帮二艮开房间、安排吃宿。她自称是姜教授的研究生。给二艮安排的是大学内部的宾馆，房间挺大。吃的是大学内部的教师小食堂，挺丰盛。女学生还给二艮带了瓶茅台，只是匆匆问了二艮此番前来的目的后，便离开了。二艮只能让女学生捎话给姜敏。姜敏电话里让女学生关照好二艮的吃、住、玩，并承诺了一定抽空给二艮画房子。二艮在大学里好吃、好住、好玩了三天，女学生终于把姜敏的画送了过来，尺寸还不小，画面油亮亮的，有房有庭院，还有二艮家那棵老槐树。但是这画得远瞧、得揣摩。姜敏仍没出现，说让二艮再住一个礼拜，待他忙完后，腾出空陪他好好喝喝酒。可二艮没这闲心，留下土特产，默默回家了。

回家后，二艮找来了乡里最有名的建房大师傅，兴冲冲拿出姜敏画的房子，让他们依样画葫芦造一幢洋气别致的房子。大师傅一瞧，直摇头，说你花再多的钱我也没法给你依样造出房子来。这画里的墙面歪歪扭扭，如此造出来的房子怎么住人呀。二艮仔细一看，也蒙了，确实，姜敏画的房子有点难揣摩。二艮心里酸酸的，挺不是滋味，心想：你姜敏吃住在我家时，我像亲兄弟一样待你，更不要说救你命了。而你上了大学当了老师，就不把兄弟当兄弟了，不要说我来省城你人影都没有，就连求你画个房子都敷衍了事。

自此后，二艮嘴上再也不提姜敏了。

又过了好多年，乡下又一轮翻建房子的热潮兴起。这几年，村里家家户户都有赚钱的门道，都挺富裕，于是都想把自己的房子盖得别具一格、高档气派。

临村银泾村的善水听说二艮曾请姜敏画过房子，于是上门求画，为表诚心还带了熟人小三子。禁不住善水恳求，二艮找出那画。善水看了说，我就喜欢这样的房子。二艮说，你喜欢就送你。善水说，我知道你们之间的交情，人家可是有名的大教授、大画家，我绝不白拿你这画。我打听过了，造一套乡村别墅，设计费一般在三到五万之间，我诚心要，给你五万，小三子在这儿给我作证。

二艮想：这么多年，自己早与姜敏不再来往，放着他的画，也没啥念想了，做个顺水人情也不错。于是，他便收下了三万，把画给了善水。

善水请了个挺专业的工程队，照葫芦画瓢竟然把画上的房子造了出来，据说光庭院的捣鼓就花了一百万。一时间，四邻纷纷效仿。

二艮听说后，心里舒坦了。

后来，二艮又听说，竟有人花五百万收姜敏的画，懂行的人说现在他的画还不止这价。这事，二艮不仅没懊恼，反而又像前些年一样嘴上常常叨念着姜敏。

他心里明白，当年他去省城，人家姜敏还是把他当兄弟的。

今夜无眠

　　大学毕业，曲颖以各科第一的佳绩被市实验幼儿园正式录用为老师。曲颖，陈墩镇人，父母都是镇小学的老师，教语文和音乐。曲颖从小喜欢音乐舞蹈，小学毕业后，百里挑一考取苏城艺术实验中学，高中毕业后又考取省艺术学院，专攻幼儿音乐舞蹈。

　　报到的同时，曲颖开始在玉山找住房。

　　一来二往，北坡房产的王店长跟曲颖混熟了。王店长试探性地问曲颖，说自己有个看房子的差事，问曲颖愿不愿屈居。王店长说，玉山西区静湖小区有栋别墅，房东是上海的一位知名律师，独生女十分优秀，博士毕业后一直在海外工作生活。这位律师已年过六十，选择退休，玉山、海外两边住。最近半年，他们夫妇在海外，偌大的别墅空着，他们希望有人能帮忙照看房子，每月给一定的报酬。

　　王店长说，这里的安保规格十分高，出入都要查证件，一般人进不去，不用担心安全问题。如果曲颖愿意，她就把资料发给房东。

　　曲颖没急着应允，先跟王店长实地看了下别墅，那是靠静湖的一幢独栋大别墅，三层，靠湖的一面是大草坪，有木结构走廊和凉亭，其他三面由茂密的树半围着。

　　客厅里，有一架纯白色的卡瓦依钢琴，罩着绛红色的天鹅绒外套，想必是房东女儿的爱物。曲颖不由自主地掀开罩子、琴盖，轻轻触摸着精致的琴键，似有巨大的磁性，引诱着曲颖，令她突然产生一种弹奏的冲动。

　　院里，养着一条拉布拉多犬。那拉布拉多犬似乎跟曲颖挺有缘，一见曲颖就黏着她。王店长拍了一些曲颖逗拉布拉多的视频发给房东。

　　第二天，房东回信，说他们想找的就是曲颖这样文文静静的女孩。曲颖是他们最中意的人选，说是跟他们女儿长得挺像。

　　曲颖当然也乐意，跟王店长签了约，拉着简单的行李住进了这静湖小区6栋。自此，曲颖每天坐公交车准时上下班，生活平静得如同窗外的湖面。一人独处的时候，推开窗，舒缓地弹奏一曲，这是曲颖回家后每天的功课。如果应急，曲颖也可用下房东家的奔驰车，采购些生活用品，只是合同上有一些用车约定。

　　一天，中学闺密花蕾发来微信，说艺中那些玉山籍同学，想在进校十周年时好好聚聚。他们想在附近找一处又能住又能玩的大房子，听说曲颖住在静湖小区，他们非要来她那儿聚聚不可。曲颖弱弱地回复，那不是我自己的地方，不可，万万不可。

花蕾一向是那种小强盗似的霸道闺密，曲颖不允她不管，自顾自把雅聚的时间、地点定了，发在微信群里。聚会地点是静湖小区 6 栋。曲颖急了。花蕾可不管，把一些不知谁赞助的红酒、啤酒一箱箱让快递小哥往定位地址送。

周末，受邀的同学们，自驾的、乘高铁的、打"飞的"的，一个个往定位赶。还一个个提着、背着、挎着大大小小的乐器盒。

花蕾自作主张，让自助餐摆满了草坪。同学们三三两两散坐在草地四处，摆弄着烧烤，聊着天，喝着红酒、啤酒，兴致勃勃。

暮色将至，同学们的兴致渐渐融化在晕染的夕阳余晖中。

"蛐蛐儿"留着稀疏的胡子，扎着小辫，一身藏袍，胸前是灯光下一晃一晃闪着光亮的萨克斯管。"蛐蛐儿"被称为话痨，这个名字是早年有人烦他，给他起的绰号。"蛐蛐儿"轻轻地吹了一串滑音，待草地上聊天声缓了一缓的空隙，"蛐蛐儿"说自己这几年一直在西藏漂着，这次从最远的雪域高原过来，险些没赶上飞机，一路上，他心里一直惦记着：只要赶上了，我就一定要给哥们姐们吹一曲《回家》。"蛐蛐儿"吹着，特专注。不愧是有着几十万粉丝的网红。这么多年做视频的历练令"蛐蛐儿"的萨克斯炉火纯青，曲声仿佛有一股魔力，在湖面、树丛间，一阵阵悠扬的曲声响起，似乎惊动了四邻，原先四周晕晕的灯光，豁然间竟转成一片片纯白的光亮，树丛外、湖岸边，明亮的灯光相继亮起。曲终，花蕾深情地说了一声：我们回家了！掌声响起。

有人提议，还是让东道主曲颖和班长小"帕瓦罗蒂"来首威尔第名曲《饮酒歌》。那是他俩毕业典礼汇报演出时的节目。曲颖的美声老师曾夸奖说这曲子是曲颖的"看家曲"，两个人的合作堪称完美。几年过去，曲颖再度被同学们隆重推出。曲颖怯怯地说，我不是东道主，真的。然而，《饮酒歌》不唱不行，曲颖一手拿着遥控话筒，一手举着红酒杯，在与同窗们的酒杯撞击中，把祝酒氛围渐渐抬起来，意大利语美声，在静湖边渐渐舒展开。再度合作，依然完美。大家在歌声中醉了。

一首首歌曲，一支支舞蹈，艺术实验班的同学们尽情欢歌、劲舞……

一直到凌晨，曲颖才似乎从梦幻中醒来，最初怯怯的感觉又无形中袭来，她弱弱地催大家，我们结束吧，四邻也该入睡了。确实，四处少有的灯光通明，特别静谧。

"蛐蛐儿"意犹未尽，他突然提议，那我们来开火车吧。他随即用萨克斯吹起了《坐上火车去拉萨》，花蕾拉上了曾经的五姐妹组合。其余同学们拉扯着组成一列欢快的火车，在草地里、走廊上、凉亭里蜿蜒穿梭……

高潮迭起，意犹未尽……

第二日，同学们逐一散去，曲颖却几乎瘫了，怯怯地跟王店长电话坦白：昨晚，她闯祸了。

王店长笑了，说，你们的音乐雅聚，我全程同步分享了。草坪上，房东装了两处高清摄像头，他们把视频同时在小区物业主群里直播了，四邻一边看视频，一边隔着树丛、湖面欣赏他们的表演，都说精彩至极。

房东跟小区业主们许诺，年底待他们回来，他一定再邀这些"不速之客"重聚静湖小区。

后来，曲颖上网，见到了好多视频。视频大多打着这样的标题：今夜静湖无眠。好多人都在关注静湖。

（刊于《昆山日报》2021年6月4日副刊）

救　场

正下课，燕子接到闺密田田的电话。

电话里传来田田嘶哑的声音："姐姐，我感冒了，晚上有场公益活动主持，你来救救场吧！"

虽说燕子和田田一样都在课余搞公益，赚些不多的学费、生活费，可临近期末考试，燕子为不影响学业，早推了所有的邀请。

一边是闺密，一边是学业，燕子为难了，迟疑着说："田田，你还是请别人吧。"

电话里的田田几乎带着哭腔的声音，哀求道："好姐姐，人家都在那里催暖场了，除了你，谁有这个实力去救场呀？我实在挺不住呀。"

迟疑再三，燕子还是应允了。匆匆取了主持服装，冒着初冬凌厉的寒风紧走慢赶向百盛商贸广场赶去。

一待燕子应允，那边的现场艺术总监就加上了燕子的微信，主持词也发了过来。

燕子一边赶路一边熟悉主持词。燕子一踏进现场，就被总监拉进临时化妆间，一边化妆，一边对接。

这时，一批批群众演员已陆续到场，纷纷走台暖场。

燕子顾不得多吃几口便餐，就到现场开始紧张地彩排。

到了约定的时间，领导嘉宾纷纷落座，暖场音乐骤然响起，燕子款款走上舞台。因服装太单薄，又加上刚才匆忙中没找到那条披肩，燕子不禁打了几个寒战，燕子强打起精神，亮丽的嗓音一下子充满商场大厅每个角落。

"各位领导、各位来宾、各位热心全民阅读的朋友们：大家晚上好！"

"今晚，全民阅读春风送暖活动，在这里——"突然，燕子觉得一阵冷风灌进喉咙，呛了一下，顿了一顿，"拉开——"，燕子一下子觉得嗓子像漏气的风琴一样，"帷幕——"，好不容易，发出声来。

燕子缓了口气，尽量保持声音的平稳。

"参加今晚活动的领导有……"，燕子越想调整，喉咙里发出的嗓音越发沙哑、变调，根本无法控制。燕子的心怦怦直跳，脸一阵阵燥热。她已感到全场惊讶的目光，不少人窃窃私语。

燕子好不容易支撑到开场白结束，有点狼狈地走下舞台。

一下台，燕子就撞到艺术总监冒火的眼神。总监压着嗓子，责问她："怎么回事？你是来拆台的呀?！"

燕子强忍着眼眶里的泪水，一个劲儿地说"对不起、对不起。"

艺术总监恶狠狠地命令："喝水，温的，快！快！快！"

燕子接过别人递来的温水，小心地试了一下音，似乎有些好转，然而那嗓音哑哑的已失去了原有的洪亮和锐气，急得总监直跳脚。

后台僵持着，音响师把背景音乐放了一遍又一遍。外行人都已察觉出场面的异常。就在此时，燕子突然看到了眼前出现两位此时最不敢面对的人——自己的导师尹教授夫妇。

燕子突然像一只迷茫的小鹿，眼神茫然，人傻傻的。

导师尹教授拍拍燕子的后背，从一旁的椅子上取过一件宽大的滑雪衫，心平气和地说："没事，缓缓气。小心着凉。把主持稿给我就行。"

燕子顺从着，像考试考砸的小学生一般。

导师把主持稿递给一旁的柳教授，说："你去救场吧！正好穿着正装，也不用化妆了。"

柳教授笑笑，假装嗔怪道："你见我退休了，啥好事都朝我身上推。"

导师说："我的学生就是你的学生，救一把吧。别扭扭捏捏了，正好练练嗓子。你还巴不得呢。"

柳教授看了一眼主持稿，与艺术总监简单地对接一下，迈着稳健的步伐走上舞台。

"英国数学家伊萨克·巴罗曾经说过，"柳教授的嗓音在室内广场响起，"一个爱书的人，"刘教授的音调渐渐升高，浑厚、儒雅、抑扬顿挫、富有磁性，"他必定不致缺少一个忠实的朋友，一个良好的老师，一个可爱的伴侣，一个优婉的安慰者。在我们城里，有这样一位快递小哥，他从遥远的山区过来，喜欢读书，又喜欢写诗，在这里遇上好些知音。今天，他也来到了我们现场，让我们掌声有请网红快递诗人王——二——艮——。"柳教授话音刚落，全场震撼。

现场第一排正中的领导廖先生一听就愣住了。

台后，燕子的导师在为柳教授梳理主持词，一段一段，井井有条。

燕子开始站在一旁时显得手足无措，继而渐渐地沉浸在柳教授充满魅力的主持中。柳教授的主持不光有地道的专业水准，更有一位七旬老人温文尔雅的亲和力。

整个公益活动，有表彰，有赠书，有阅读推介，还有群众文艺表演。台上台下，配合默契。不觉间，活动结束。

这时，现场的廖先生，大步走到台后，激动得一下子握住柳教授的手。

"导师，没想到，几十年了，我又一次陶醉在您的声音里。"

"哈哈！"柳教授爽朗地笑着，"今天，正好碰巧赶上！救场而已，救场而已。"

廖先生一迭声感谢。

燕子没想到，现场的最高领导，还是柳教授的学生。

总监见此情此景，悬着的心终于平复了。

第二天一早，燕子在校园里拦住了晨练的导师，颤颤巍巍地递上装有三百元辛苦费的红包，眼中噙着泪，说："导师，我错了。我不该瞒着您。"

　　"好好温习功课，"导师把红包塞进燕子的口袋，"你也不容易，辞了工作来读研，有个孩子，还有个家。确实不容易。导师理解你。好好珍惜！"

　　燕子终于忍不住流下了眼泪。

（刊于《当代人》2022 年第 5 期）

密　码

　　半夜，妊娠期内的小莉突然觉得浑身不舒服，一旁的晓东束手无策，只能建议她去看急诊。

　　看了急诊，医生说不要太累，不要久坐，要注意多休息。

　　在急诊室观察了几个小时，医生同意小莉回家静养。

　　折腾了大半夜，平常就很辛苦的晓东实在困得很，开车回家途中，冷不防树丛中窜出两条野狗，困乏中的晓东一个激灵，猛打方向盘，车子失控，径直朝桥栏撞去，车子严重受损，巨大的冲击力让小莉再度不舒服起来。

　　晓东马上报警，打120，丢下车子，赶忙把小莉送去看急诊。医生对小莉又做了一遍仔细的检查。晓东自然忙东忙西伺候着、陪伴着。幸运的是两个人都没啥大碍，医生让小莉住几天医院继续观察。

　　三天后，小莉已无大碍可以出院回家，而晓东却病倒了。

　　一直好好的晓东，突然发起了高烧，烧得吓人。全身检查后，医生告诉小莉，晓东的肠子可能在车祸中受了微伤，有一两个沙眼，因为身体强壮，再加只顾忙碌着陪护照顾小莉，这微伤他自己一直没有感觉到，等微伤发炎引起了其他内脏器官感染，他实在挺不住了，强壮的身体一下子轰然倒下。

脏器感染，来势凶险。倒下的晓东被送进了重症监护室。小莉一下子接到两张通知：一张是大额续费通知，另一张是外请专家会诊后开出的病危通知。

小莉顾不得擦泪，马不停蹄地跑到银行转钱。晓东这几年搞经营，赚了一些钱。钱对于他们来说应该不是啥难过的坎儿。小莉从深度昏迷的晓东身上找到了五张银行卡，急匆匆地去了银行。可是银行转钱得用密码，小莉想当然地输了晓东的手机号码，不料第一次输入就失败了。小莉想了想，重又输入晓东的生日号码，结果还是失败。小莉不甘心，又信心满满地输入自己的生日号码，结果这卡被冻结了。

一边是医院里急等钱救命，一边是银行卡找不到密码无法转钱，小莉第一次觉得自己陷入了孤立无助的境地。最要命的是小莉平时凡事都依赖着晓东，甚至连自己的工资卡也丢在晓东处让他做生意时应急用，以致小莉连自己工资卡上的钱也取不出。

一筹莫展的小莉想到了朋友们，从自己和晓东要好的朋友中拉了一些最要好的朋友，建了一个求助群。朋友们一个个都很仗义，只半个小时便筹齐了第一笔医院的续费。

晓东的状况还是急转直下，感染的脏器功能——衰竭，晓东在深度麻醉的情况下艰难地延续着脆弱的生命。一张又一张病危通知，让小莉几乎崩溃。一笔又一笔的医院续费通知，让小莉走投无路。她只能揣度着晓东平时的思维习惯，猜测着一种又一种可能，编写一个又一个密码，去银行一张又一张卡小心地尝试。五张卡最保守的机会还有八次，然而一次又一次均以输入失败而告终。

小莉在晓东常用的物品中找寻灵感。找着找着，晓东写在一本笔记本扉页上的几个字让小莉眼前一亮：我是你最需要的那一把雨伞。那是他俩之间的小秘密。大三时，暑假后返校，小莉从公交车下来就遇上了瓢泼大雨，措手不及的小莉只能硬着头皮朝校大门直冲，就在此时，一把大伞为小莉遮挡住了头上的雨。小莉仰头一看，忍不住笑出来，那是怎样的伞呀，一根伞骨折弯了，耷拉着，而撑伞人自己竟然站在伞外。可就是这把破旧的大伞给小莉遮风挡雨，把她送进校门。这撑伞人便是晓东，她的同年级同学。后来晓东疯狂地追求小莉。那撑伞的日子小莉自然清晰地记得。

抱着最后的希望，小莉到银行又试了一下密码，是那"雨伞"出现的日子，成功了！

续了费，小莉又请了上海几位更有名的专家过来会诊。晓东一次次挺过几个病危期，奇迹般地挺了过来。

动了几次大手术，晓东告别了死神。

半年后，晓东终于康复了。小莉也顺利生了女儿。

说起这措手不及的飞来横祸，小莉深有感触地告诉别人，是那把雨伞给他们家带来了希望。

南瓜藤长，南瓜藤短

　　初夏时节，南瓜的藤已枝枝蔓蔓相互缠绕，金色的花朵类似喇叭的样子，在硕大的毛茸茸的叶片中显得有点羞涩，每根藤的来龙去脉对陈兰来说非常重要，她祈盼着南瓜藤能肆意伸展，但真要从一株主蔓找到藤的嫩尖稍许有点难。于是，比试南瓜藤的长短成了陈兰和肖娃在南瓜田里最开心的活动。他们一次次比试着，过程扑朔迷离，但每一次，总是陈兰稳操胜券。

　　陈兰和肖娃是镇初中毕业班的同学，邀肖娃来南瓜田比试南瓜藤长短是陈兰的主意，然而结局总让人心存疑惑，哪有每次都赢的呢？这不是明摆着这南瓜田是你陈兰家的，欺负外人吗？

　　陈兰是玉山镇近郊土生土长的原住民，她爹是大农户。他爹能耐挺大，承包了几百亩农田，种植南瓜。为啥？她爹说，小时候穷，粮食不够吃，他们就在农田的边角种南瓜，种了南瓜，收获了，以此度过缺粮的日子。故而，她爹对于南瓜有着刻骨铭心、魂牵梦萦的情结。几百亩南瓜田，本来就挺张扬了，陈兰她爹辛勤付出令南瓜田里结出满地的大南瓜，那就更张扬了。陈兰的爹种南瓜是呕心沥血的：开花时节，他不让牲口闯入瓜田糟蹋花朵；结果时节，他更不让人闯入瓜田随意采摘。

平时，陈兰她爹总是在田塍上梭巡。其实到傍晚时，他爹也想打个盹儿，歇口气，喝点酒，于是便让陈兰替着他看一会儿。

陈兰觉得一个人看瓜田寂寞、无聊，于是央肖娃来找他，比试南瓜藤长短增加了他们在一起时的乐趣。

肖娃是随打工的父母过来的借读生，有同学看不起肖娃的土气，但陈兰却与肖娃热络。肖娃的功课特别好，这是陈兰求而不得的。陈兰家里事多，常常误了功课。陈兰想与其临时抱佛脚，不如找个学伴，平时能帮自己一把，不耽误学业，不被人鄙视，于是就常找肖娃问这问那。

比试的日子长了，有人私下去陈兰她爹那里嚼舌根，说你不在时，有个外乡男孩常去瓜田，不会是偷嫩南瓜的吧？起初，南瓜还小，陈兰爹寻思着，这瓜那么小没人会看上眼的，也就没放心上。后来，南瓜一天天大了，虽嫩嫩的，却个头大，如这时被人偷了实在揪心，于是跟女儿说，你得用心看瓜田，不要心太野。又后来，嚼舌根的人又来说，老陈头，你再不去看瓜田，你的瓜、你的宝贝女儿都要被那野孩子给偷走了。于是，陈兰爹坐不住了，冷不防出现在瓜田，逮住了正与自己的女儿比试藤长短的肖娃。扬着手里的柳鞭，老陈头恶狠狠地说，我再看到你来偷瓜，定打折你的腿，让你这辈子记住了！

肖娃委屈地争辩道，我没偷，我真的没偷。

陈兰也在一旁喃喃帮腔，他没偷，他真的没偷。

老陈头拉长着脸，说，他不偷瓜来瓜田干吗？

肖娃委屈地离开了瓜田。

陈兰眼里噙着泪花。

拿到初中文凭的那个傍晚，肖娃壮了胆来到瓜田，不敢再与陈兰坐在田塍上，远远地告诉陈兰，自己要去另一个地方读高中，他还要读大学，也许不再回来了。

陈兰没接茬儿，摘了个小小的嫩南瓜要送给肖娃。

肖娃像触了电一样，说，你爹会打折我腿的。说着，他像真的贼一样飞快地逃走了。

几年后，陈兰继承父业，在父亲农田的基础上建了个现代模式的南瓜生产基地。陈兰一边拜师学艺，一边琢磨南瓜新品开发。几年工夫，便把基地搞得风生水起。只是，她年近三十了，还一个人。

他爹铁青着脸责问她，你怎么回事呀？

陈兰反问她爹，你不是一直担心人家偷你的嫩南瓜吗？

他爹一脸疑惑，这哪儿是哪儿呀？

一次，海峡两岸现代农产品交易会上，陈兰竟然与肖娃意外邂逅。陈兰探问肖娃近况。肖娃告诉陈兰，这几年自己一直在读书，高中毕业后，考上了省农大。本科毕业后，靠勤工俭学，读完了硕士，又在读博士。眼下，自己正在导师的带领下，在玉山搞现代农业项目推广。

陈兰听了眼里闪烁着光芒，像当年拉学伴一样，生拉硬拽把肖娃拉到自己的基地。肖娃在基地里看到了陈兰开发的南瓜新品：巨型大南瓜、迷你小南瓜、蔬菜南瓜、低糖养生南瓜、节日礼品南瓜、异形南瓜……

陈兰试探着问，要不，我们再比比？肖娃见了，说，不用比了，你家的藤总会向着你的，它有灵性的。

这次邂逅以后，陈兰要对基地的项目做些调整，想听肖娃的建议。肖娃说，我没法让我的藤长得比你的长，但我可让南瓜长得比以前更大。陈兰照着试了，果然在一年后的又一次海峡两岸农业商品交易会上，她推出了巨型南瓜，竟有 72.33 公斤。

肖娃博士毕业，在一家农科所找到了自己想要的工作。肖娃第一时间把这好消息告诉陈兰。陈兰说，我有一样礼物送给你。

几天后，肖娃正在新单位做着检测，传达室打来电话，说大院里有人给他送来两只大南瓜。

肖娃满脸疑惑地来到大院，这时大院里已经围了一些同事和来办事的人。只见，大院中央停着辆崭新的皮卡，上面载着两只硕大无比的巨型南瓜，叠着，南瓜上盖着鲜红的绸布，缠着长长的瓜藤。大家都在目测着南瓜的直径、重量，啧啧称奇。

肖娃的手机上，传来陈兰的短信留言："礼物送达，喜欢吗？"

肖娃回："这么大的礼物，你爹不会以为我偷的吧？"

陈兰又留言："看到南瓜上的红盖头了吗，请你掀起！"

肖娃迟疑着，走近皮卡，掀起盖在巨型南瓜上的红盖头，一阵惊喜。原来，陈兰正蜷坐在掏空的南瓜里，一脸灿烂地坏笑着。

抢　险

入夏，暴雨一连下了半月多，河水暴涨。才停歇了两天，第二阵更猛烈的暴雨紧接着袭来，似天河决堤，再加上上游泄洪，淀泖平原一片汪洋，到处告急。

锦城绕城高架、地铁工地，已全面开挖，有的工地已开始浇筑，暴雨中，到处危险。

政府抗洪指挥部，市长坐镇，一边动员全城施工人员，昼夜扑在工地抽水排涝的工作上；一边要求各乡镇、部委办局分段包干，加固城内外所有围堤，确保绕城高架、地铁工地和全城的安全。

李局长临危受命，任机动抢险组组长，市长给他的指令是哪里有险就支援哪里，不惜一切代价。李局长日夜扑在抗洪最前线，调用大量人力、物力、设备，打攻坚战。他把附近所有的社会施工队伍召集起来，要求负责人二十四小时待命，所有人员、设备，随时服从调遣。有包工老板问李局长费用怎么结算。李局长把市里定的紧急抢险用工经费标准跟大家说明，明确表态，所有费用，等抢险结束后马上按标准给大家结算。

周大牛是个小包工头，手下有三十来人，都是他从老家带来的，沾亲带故，都是一流的干活儿好手，只是他们没设备、没资金、没资质，承包不了工程，只能在人家承包的工程中干些最累最苦的活儿。年前，让他们干活儿的大包工老板要赖，吞了他们的工钱，玩起了"躲猫猫"，他们辛辛苦苦干了大半年的工钱打了水漂。人家回家过年了，他们却在讨工钱。最后，高人相助把要赖的包工老板告上法庭，他们才拿到了辛苦挣来的工钱。为讨工钱，他们白白耗了小半年的时间。那些浑身有劲儿但没处使的弟兄们一个个欲哭无泪。当他们拿到最后一笔钱时，决计散伙。散伙那日，周大牛在大排档请大伙吃了顿散伙酒。大伙闷闷地喝酒，把大排档所有便宜的老白干都喝光了。第二天，就在大伙准备各奔东西时，周大牛接到宋老板的电话，让他带人参加市里的抗洪抢险。周大牛没应允，问，工钱咋结算？宋老板说，啥时候了，你问这？周大牛说，我这些哥们都是拖家带口出来卖命的，结不到工钱，一家老少吃啥？宋老板这次也挺干脆，这样吧，我马上跟你签约，工钱翻倍，你傍晚前拉一群能玩命干活儿的哥们。周大牛这才松口，说，行！

傍晚时分，周大牛手下三十来人，一个不落地来了。

宋老板把周大牛他们直接交给了李局长。

李局长电话里说，窑厂围堤出险，情况万分危急，你立马带着弟兄们到出险的大堤。

周大牛他们赶到时，大堤已决口，上水和下水间形成了巨大的落差，洪水的推力，把决堤的口子越撕越大。指挥部已调集多艘大型船舶、多辆重型车辆，准备来个"破釜沉舟"。只是，驾车堵决口，需敢拼命的高手；沉船堵决口，同样需水性好的硬汉。市长命令，不惜一切代价保住大堤，这是保卫城市的第一道防线，但也要确保人员安全。

现场气氛非常紧张。李局长召集人，紧急磋商。周大牛说，来之前没说让我们这样拼命。李局长马上表态，你跟大伙讲，堵决口成功，我向市里申请给你们特别奖励。

有了李局长的这句话，周大牛心里有了底，回到大伙身边，大声说，我们周家屯出来的弟兄们，我有句话问大家，大难当前，谁是孬种？不怕死的跟我上。

三十几个人一下子振奋起来，说，我们周家屯没孬种。于是，驾车好手上了车，水性好的上了船。周大牛登上第一辆满载石料的重型卡车，开在最前面。他把车子开上大堤，把稳车头，匀速前进。就在车头接近决口时，他跳出车门，跳入堤边的急水中紧紧抓住缆绳。刹那间，那笨重的车辆一下子栽进决口里。紧接着第二辆、第三辆也相继栽进决口，驾驶人一一跳车，有惊无险。几乎同时，周二牛带人驾船靠近决口，到达指定泊位，弃船上岸。这时，堤上十几条绳子，好几百人，一齐用力，重载船舶侧身扣在决堤处，决口的水流一下子减缓了。随后，一辆辆自卸车开上大堤，卸下石料，决口被堵得严严实实。

现场一片欢呼。

一个月后，洪水渐渐退去。锦城保住了，绕城高架、地铁工地的损失也在最小范围当中。市里专门开了个庆功会。市长在会上表态，要给冒生命危险堵决口的农民工兄弟授予荣誉市民称号，让他们以后在社保、医疗、孩子读书上，享受便利。

周大牛结算到了工钱，还额外领到了一笔市政府嘉奖。大伙知道周大牛一次次为他们说话，拿到钱，心里实在过意不去，凑钱请周大牛喝一顿酒，仍在大排档，仍把那里便宜的老白干喝完。

酒到七分，有人把每人凑的一笔钱给周大牛。周大牛恼了，说，弟兄们不能这样看不起我。我带大伙出来，该做的，我不能又让弟兄们玩命，又让弟兄们流泪。大家都是拖儿带女养家的人，赚几个钱，不易呀！看得起我的，把钱收好，接着跟我干。

（刊于《昆山日报》2020 年 7 月 24 日副刊）

虬弄

虬弄，长数千米，宽两三米，是一条明清时留下来的老弄。清一色的石板街，街道两边都是从明清到二十世纪七八十年代建造的各种砖瓦楼房，密密匝匝，参差交互，鳞次栉比。

虬弄，曾经辉煌过，早年出过几位进士，后来他们大多在外面当了大官，宅邸和牌楼还依稀可辨。到了近代，弄里出了好些留洋学子，在各个行业里有成就的很多。据说，市里编的《虬弄名人汇编》，就收录有成就的知名人士近百人。只是到了最近一些年，年轻人不喜欢住陈年老宅，有能力的、翅膀硬了的，都一一搬出了老弄。现在老弄里住的，除了一些上了年纪腿脚不便的老人，多是有各种缘由的租房户，有一户一户单租的，也有几人、十几人合租的。老弄里的老宅设施简陋一些，租金自然也比外面的房子要便宜得多。不过老弄在老城区，几所好医院、好学校都在附近，租户还是不少的。

租户多了，人杂了，老弄也不像先前那样安静和干净了。石板街上整日整夜有各色各样的车子颠过来颠过去，老宅里也常常传出各色各样嘈杂的声响。车子进进出出，老弄本来就窄，一辆车子一堵，就把整个老弄都给堵住了，所有的车子进不了出不去。尤其是上下班高峰时，老弄里只要有一处堵了，整个老弄就全堵住，所有被堵的人都会心急火燎，大大小小的车子便会不停地按喇叭，弄得整个老弄人心惶惶。新老住户，几乎都怨声载道。有老人去街道告状，不让汽车进老弄。街道也采纳了，专门运来了石墩，拦在弄口。但是进出的司机，骂骂咧咧地移开石墩，照样大大咧咧地进出。虬里照样堵车，照样怨声载道。

一天，弄口一处紧闭了好多年的老宅，被人整修清扫了一阵后，住进了一对老夫妻。老头瘦瘦小小的，弄里上了年纪的老人都认识他。老人姓石，生在虬，从小又在虬里长大，只是到了中学毕业后，参军去了大西北，转业后又在当地成家立业。现如今，子女都已长大，有的留在其他大城市，有的出了国，老石选择了落叶归根，带着老伴回到了老宅。

老石，其实是个犟人。小时候，读书时不听话，老师要关他夜学，他就跟老师犟，到了半夜也不肯离开教室，弄得老师再也不敢关他夜学。

老石住到自己的老宅后，把临街的街沿石清扫得干干净净。那些街沿石是向阳的，老石有事没事就把家里的竹椅搬出来架在街沿石上，邀几位老兄弟围坐着，喝喝茶，下下棋，吹吹牛，晒晒太阳。

虬街面本来就窄，老石他们这么一坐，汽车就进不来了。那些司机纵然把拦路的石墩移走，也通不过老石他们的人障。

司机恼了，老石不理会，茶照喝，棋照下，牛照吹，太阳照晒。最可气的，到了晚上，老石仍把那些竹椅留在街沿石上，谁想动，他就跟谁急，说，我爷爷的爷爷就一直在这街沿石上喝茶、下棋、吹牛、晒太阳，你们怎么着？有司机明里不敢跟他较劲，暗地里照样把他的竹椅移开，开着车子闯进老弄。谁料想，老石是个特别较劲的人，你移了我的竹椅把车开进老弄，我就一不做二不休，干脆把竹椅锁在石条上，让那进老弄的汽车永远出不了老弄。那跟老石对着干的司机，只得甘心认输，带了礼上门求饶。老石照样不理不睬，说，要行贿，没门！

老石就像一只拦路虎，有一夫当关，万夫莫开之势。弄口拦住了，汽车也进不来了，老弄里没车街道也就不堵了。街道不堵了，也没人按喇叭了。街道里安静了，也没人怨声载道了。

就是有一日深夜，老弄底突然起火，火势凶猛。消防队接119报警后，很快赶到，移开拦路的石墩，几辆小型的消防车鱼贯而入一路到弄底，及时扑灭了大火。由于扑救及时，这场因电瓶车充电引起的大火没有殃及左右邻里，实属不幸中的万幸。只是，老石原先霸路的几把竹椅在紧急情况中，都被扯烂了。弄内侥幸避过一难的几户人家，筹钱为老石买了几把新的竹椅，放在原处。

从此以后，那几把竹椅，也不用加锁了，也不会有人去移动。只是有一些陌生的司机试图开车进入老弄时，有人会非常诡秘地警告他，你车子开不进去的，弄口有老石的竹椅子。

陌生的司机听人把老石的竹椅子渲染得非常诡秘，也不知道其间的水深，自然不敢贸然闯入。

后来，邻里都说，老石常年保护老弄里的消防通道有功，应该表彰。街道里也接纳邻里的提议，说要表彰他，老石说啥也不接受，说，消防通道本来就应该是畅通的，他的功劳微不足道。

其实，大家都不知道，老石早年参军当了消防兵，转业后一直是当地的义务消防员，大半辈子立了无数功，老了回到老家，干不动消防了，然而他觉得自己保护一条消防通道还是绰绰有余的。

网红怪楼

金泾村有个怪人，姓冯名唐人。早年，村里人大多是高年级小学的文化程度时，他已拿到初中文凭，回乡后，在村小当代课老师。

二十世纪七八十年代交接时，金泾村人家大多拆了旧瓦房盖新楼房，几乎家家都是一样的白墙黑瓦小楼房。房前一个小泥院，槿树篱笆围着，搭些猪圈、鸡棚、鸭棚啥的，再种些蔬菜，自给自足。冯唐人也盖房，仍然是几间不大的平房，而院子留得挺大，院东砌了高高的封火墙，院西建了半个亭子。院中开挖个锦鱼乌龟池，东墙边一排湘妃竹，西亭边一株芭蕉，有点像微缩的苏州园林，别具一格。院子落成后，东邻黄阿三不干了，说你封火墙上砌了那么多小瓦，下雨时滴水滴到我院子里了，你这是啥意思？西邻姜尼大更不买账，在自家泥场上叫骂，你冯唐人在别人家院子正东面戳个高高的尖角，你眼里有邻居吗？

黄阿三、姜尼大把冯唐人告到大队里，大队里来人调解，其实也只是来和和稀泥，这事也不了了之。再后来，不知啥时，不知啥人，突然间，冯唐人的院墙和亭子半夜里被人给推倒了。冯唐人跟左右两邻论理，黄姜两邻都说不是他们推的。冯唐人这下吃了哑巴亏。

冯唐人精心设计的院墙被推倒后，顿时变得傻乎乎的，原本在学校里当代课老师不知啥原因到期了也不给续了。冯唐人以前一直在外读书，农田里的事不大会做，这下当不成代课老师一下子成了游手好闲的二流子，出不了工，拿不到工分，全年口粮都成问题。老婆带着女儿流着泪走了。冯唐人更成了怪人一个，村里人背后都唤他"书毒头"，意思是书呆子。

金泾村村头是条大河，拐弯处有一个只几分地的孤岛，分自留地时没人要，队里给了冯唐人。无所事事的冯唐人，在自己的老宅上没法折腾，便开始在自家的小孤岛上折腾。他用废竹木料扎了个竹木排，把被人推倒的院墙、亭子的砖瓦运到小孤岛上，自己胡乱建了个怪怪的小屋，远瞧像一个小碉堡。他又在那怪屋上搭了个棚，养了一头落脚猪。那高高的猪棚边上，他用废毛竹片搭了几条滑槽，猪拉的粪水就顺着这些滑槽流到四边的菜地里。小孤岛的一边是浅滩，冯唐人用废木料毛竹围了栅栏，做了个"仙人跳"，外面的鱼能游入围栅栏，然而无法游出。围住的鱼虾，足够冯唐人一人享用。围栅栏里，他又养了些鸡鸭，鸡占的是地，鸭占的是水。冯唐人又在猪棚上搭了个露天花坛，种些四季能开的花草。闲暇时，冯唐人就坐在花坛中拉二胡，悠然自得。屋子、猪棚的墙面参差不齐，冯唐人种了些爬山虎，只几年工夫，爬山虎就让这些墙面浑然一体。为挡水，冯唐人又在小岛四周水里种上芦苇、岸上种上竹子和小树，这样又解决了怪楼需要用竹木料加固的问题。小孤岛上没电，冯唐人用煤油照明。冯唐人在小孤岛上，独来独往，这些年是怎么过来的，没人关注。

到了近些年，金泾村家家户户又开始新一轮改建楼房，都是一式两层半中式别墅楼，楼前都有一个干净讲究的院落，好像微缩的苏州园林，其实好多人家就模仿了当年冯唐人的庭院。院里的观赏竹、观赏鱼池、假山、小亭、花草一应俱全。村里向外修筑了宽阔的沥青观光马路，村里几乎家家户户都想经营农家乐，都在想方设法吸引城里人过来住宿、采摘、垂钓、种植，吃农家蔬菜，吃水乡鱼虾。

这时，又有人到村里告状，说冯唐人小孤岛上的怪楼脏乱差，竟然还私自饲养着猪鸡鸭。尤其是怪模怪样的外观，给崭新的农家乐村抹黑。村里把事情汇报到镇里，镇执法队多次过来处罚，责令拆除，冯唐人却傻傻地躲在屋里不让陌生人上岛。

有些事一般人还是没能想到，有来农家乐玩的人用无人机拍了怪楼和怪人冯唐人日常的生活，视频发到网上，一夜之间，怪楼成了网红打卡地，好些热门主播不远万里前来蹭热度。

怪屋拆违的最后期限到了，镇执法队开来大批人马，准备拆除。谁料，全村人把进村的路给堵了，不让执法队进村。执法队队长说，这不是你们自己举报的吗？村民们说，我们现在不举报了，怪楼成了网红打卡地，我们村的人气好不容易热起来。它被拆了，我们村又要没人气了。

拆怪楼的事，就此一直僵持着，没料到越僵持怪楼越红，红得发了紫。

没料想，后来突然一夜暴风雨。雨过天晴，又有好些大老远过来的网红主播非常痛心地发现怪楼塌了，而怪人冯唐人在河边滩地上搂着自己的猪，一副漠然的模样。

金泾村人有些失落。

（刊于《北方文学》2022年第1期）

老兵李银锣

鸭蛋墩是个独屿墩，四面环水，离最近的金泾村大约一里地。

李银锣坐在岸边，能看见村庄熟悉的轮廓，能看见村里家家户户早上和傍晚时分烟囱里冒出来的袅袅炊烟，当然他也能够分辨出自家的烟囱。

鸭蛋墩是安静的去处，安静到有点死寂的氛围。自从李银锣在这墩上安身后，这片地、这片水域就成了与世隔绝的地方，再也没人敢靠近。当然，他也不让人靠近。每回，儿子过来，也是远远地跟他喊话，把他需要的物品挂在水中那老杨树的枝丫上，再取走墩上鸭子产的鸭蛋。

每天，独居的李银锣是忙碌的，他的忙碌源于他行动的缓慢和动作的艰难，常人一个简单的劳作，他也许要花费几倍的努力。他要在实在忙碌不动前，把手里最后的活儿干完。

他的窝棚是当年自己盖的。那时，他还有些力气，他为自己以后的生存，拼尽最后的力气。支柱、梁木和椽子用的是墩上的几棵老树，已支撑了几十年，还算坚实；墙体用的是河边的碎砖、地里的黏土、田里的柴草，一层层垒起来的，厚实，还冬暖夏凉；窝棚的顶，是用田里的稻草铺的，后来又加盖了一些，足以遮风挡雨。

早年，李银锣在墩上种的柳、桃、桑、槐、楮树，现早已郁郁葱葱。他还在自己窝棚四周培植了一个小小的中药园，里面种着大风子、苍耳子等一些叫得上名或叫不上名的中药材，这些是李银锣保命的宝贝。这里，有的是当年他从甬城回来时一路上采集的，那一路，避开人群，辛辛苦苦风餐露宿走了好几年；也有的是让儿子寻来自己培植的。他靠这些中药材，延缓着自己正在逝去的生命。

他还记得，当年那个使他染病的小山村。在他离开前，他让村民在村子里种上了大片的柳、桃、桑、槐、楮树，并教他们如何用这些树枝煎煮汤水；他还让家家户户种上大风子、苍耳子等中草药，教他们如何熬药治病。他的命，是村民救的，他得回报。他是军医，他是进山剿匪小队的随队军医。然而小分队进山后遭遇顽匪的伏击，要不是身负重伤，误入麻风村，他也早就阵亡了。他还记得，离开甬城时，他专门去了山脚下的烈士公墓，朝阵亡的剿匪小队的队友们鞠躬道别，包括他自己的墓碑。离开烈士公墓，隐姓埋名的李银锣，内心开始强大，把每天活着的时光，当作是第二段人生。

他对自己说，活一天，就等于多捡了一天的便宜。就这样，他捡了几十年，成了奇迹。

他的日子，就像捡到的鸭蛋。

鸭蛋墩原本就是鸭子产蛋的好去处，以前有人专门上鸭蛋墩来捡鸭蛋，后来李银锣住下后，就没人来捡了。他把鸭子产的蛋收拢来，一次次孵化后，形成了一个鸭群，继续为他产蛋。鸭蛋多了，他还给儿子他们。

窝棚边的田地低洼却肥沃，李银锣忙碌着，种些稻米、瓜果、蔬菜，不怎么多，却可勉强养活自己。

他最后的忙碌，就是要做一根杆子，一根尽可能长的杆子。他蹒跚着挑选了合用的树枝。砍枝、整枝、镶接，不知多少个日月，那杆子已经在李银锣的忙碌中变得挺拔、修长。他要在他实在忙碌不动时，把它竖起来，竖在窝棚前的空地上。那杆子的顶端，他做了一个小滑轮，可穿进去一根绳子。那绳也是他做的，用墩上的野麻做的。剥麻、晾晒、捶捣、分缕、搓绳，不知多少个日月，那麻绳在李银锣的忙碌中变得精致、细滑、牢固。

突然有一天，儿子过来喊话，告诉他他的孙子李阳考高中，考了全县前十名，考上了县中实验班。县中实验班是什么，李银锣不清楚，但他明白，他李家的后代，是有出息的，一如当年他去上海中药店做学徒时，他爷爷说他以后一定会有出息的。

孙子去县城读书后，李银锣的杆子终于竖起来。在一个秋天乡村里忙着收割的日子里，有人突然看见鸭蛋墩李银锣窝棚前的杆子上升起了一面小红旗，但小红旗只升了一半。

李银锣的儿子有一丝不祥的预感，报告了镇民政助理。镇医院派医生上墩探究，发现李银锣穿着旧军装去了，虽说病魔已把他的脸和四肢摧残得不成样子，但他走时的神情是安详的。

李银锣的身边有一张纸，上面歪歪扭扭写着：这是我们剿匪小队的队旗，我为全体为国捐躯的小分队战士们升半旗。

几年后，陈墩镇镇志上有这样两段文字，小标题是《李银锣，隐姓埋名活着的烈士》《李银锣去世后，陈墩镇彻底摘除了麻风病的帽子》。

温馨末班车

大年三十晚上十点二十分，8路公交末班车准时停靠在传媒中心车站，做完《路路畅通》电台直播节目的晓语，裹着严严实实的外套，准时到达车站。

晓语手臂上挽着好几捧鲜花，加上宽大的外套，像移动的大布偶。这些捧花，是热心听众在她刚才做直播时，陆续送过来的。鲜花是慰问，是褒奖，更多的是感恩。直播中，听众们纷纷表达着他们由衷的谢意。最想感恩的是欣欣小朋友全家，他们赶在年夜饭前，送来了鲜花，感谢《路路畅通》栏目和全社会的救命之恩。那天，交通高峰时段，道路拥堵，突发急病，呼吸艰难，脸色已经发黑的欣欣被堵在中环下的支路上，接到求援电话的《路路畅通》栏目于是临时改成交通协调直播，晓语通过电波，在全市交警、驾驶员、医院之间架起了一条空中通道。欣欣坐的出租车一路鸣笛，在多辆警用摩托的引导下以最快的速度驶上中环，直插市区，驶进了市医院急救中心。沿途的司机听到直播后纷纷避让，出租车终于赢得了宝贵的急救时间，欣欣的生命得到挽救。

缓步上车，晓语与司机打招呼。晓语笑着说："秦师傅，又是您啊！"已经好多年了，大年三十的最后一班公交车常常是秦师傅的班。晓语也是因常坐末班车与秦师傅熟识的，因此《路路畅通》栏目也常常把秦师傅请进直播间聊一些老百姓感兴趣的交通上的事。

晓语分出两捧花，交给乘务员，说："你们辛苦了，这是听众的心意。大家一起分享吧。"

这时的末班车上，除了晓语，没有第二位乘客，大年三十的末班车已好多次成了晓语的专车。

车载广播正在播着央视春晚节目。

街道上，灯光辉煌，却空无一人。

到了星海车站，当秦师傅把车稳稳地停下时，到家的晓语却没有下车，示意秦师傅继续前行。

公交车继续向前，一站又一站。没有乘客，车到车站时就缓缓地朝前滑行。一直到了星源车站，晓语这才捧着鲜花下车。

星源车站以前一直是8路车的始末站。三十年前的大年初一，8路车开始正式运行。这里原本是城乡接合地带，除了农田，还有一些零零星星的农户。始末站初设时，没有停车场，过夜的公交车就靠边停在马路上。始末站没有休息室，公交公司就与就近的村委会商量，让村委会给他们找个能供司机乘务员临时取取水、上上卫生间、歇歇脚的地方。村主任找了家紧靠站台的刘阿姨，说好是义务的。刘阿姨一口答应了，她说公交公司都把车子开到她家门口了，有点小要求她能不答应吗？于是，她家的老屋就成了休息室。

8路车是每天早上六时首发的，刘阿姨每天总是五点前起床，一边烧水，一边把休息室打扫得干干净净。有时，匆匆忙忙过来的司机没顾上吃早饭，刘阿姨就帮他们弄吃的。时间长了，谁喜欢吃啥她都知道。后来，有的小伙、姑娘干脆老实不客气地跟刘阿姨说好第二天一早想吃啥，让刘阿姨代弄。还有的把来不及送的孩子带过来，放在刘阿姨这里中转。他们都说，刘阿姨待他们，比自己的爹妈还周到。这样。刘阿姨一做就是三十年，这三十年中从没离开过。后来，路又朝前延伸了，星源车站四周原先的农户全都拆迁了。刘阿姨的老屋也将拆迁，然而刘阿姨还坚守着暂时未拆的老屋。

随着城市区域的扩展和道路的开通，新的8路车已正式向前延伸。这里，不再是始末站。

车子停稳。晓语捧着花下车。秦师傅的末班车又缓缓前行驶向新的始末站。

刘阿姨的老屋灯火通明。

晓语捧着花，走向刘阿姨。当晓语把手中的花，献给刘阿姨的时候，刘阿姨一时不知所措。

晓语说："我是电台《路路畅通》的主持人晓语，今天我们的节目中有好些过去和现在的8路公交车司机，一直在回忆您在这三十年中给予他们无微不至的关心、照顾和帮助。他们说，刘阿姨的老屋是他们最温馨的驿站。他们想让我在始末站结束使命的最后一天，把他们的花献给您。"

谁知，刘阿姨局促地说："我不是你要找的刘阿姨，我们是双胞胎，我是妹妹。我姐姐去年患病了，动了手术，人一下子消瘦了，打不起精神。她央我过来接着做她要做的事情，她跟我说：公交司机非常辛苦，守着老屋，让他们有个喝茶、歇脚、打盹儿的地方。"

晓语问："您姐姐现在在哪里？我想去探望她，也好当面传达大家的谢意。"

眼前的刘阿姨说："我姐姐是个很要强的人，她躲起来是希望大家永远记住她阳光的一面。"

这时，一些开过8路车的司机，还有一些常乘8路车的乘客，陆续过来。他们通过《路路畅通》节目相约，前来老屋拍照留念，想和刘阿姨一起过一个特殊的除夕。

第二天，大年初一，8路车开始从新的始末站出发，刘阿姨早早地起床。每一辆8路车在停靠星源车站时，司机总是向刘阿姨招招手，喊一声"刘阿姨，新年吉祥"，他们用自己特殊的方式向刘阿姨拜年、致谢。

（刊于《昆山日报》2022年2月1日）

漩　涡

农校毕业，我被分配到陈墩镇农业技术推广站（农技站）。

上班第一天，我就被站长拉到双庙荡围垦田参加陈镇长紧急召集的现场会。

双庙荡围垦田是镇上最大规模的农田围垦项目。原先，全镇地势低洼，水稻面积不大，水稻产量不高，一直屈居全县之末。后来，在围垦湖荡的热潮中，陈墩镇人敢作敢为，把镇西南最大的湖荡围垦成了肥沃的水稻田，水稻面积一下子增了两千八百亩，水稻总产量一下子跃居全县前茅。然而，围垦田的渗水和排涝问题一直困扰着镇政府。四座大型排涝站建成后，又相继扩建增大排涝规模。往年汛期，日夜排涝，占用了大量的电力，最难时，只能全镇居民停电确保围垦田排涝用电。

这次紧急现场会的议题还是排涝问题。眼下，汛期虽未到来，围垦田的水位却日夜见涨，大小排涝站已马力全开。

现场，有人提出了一个不容小觑的怪象：围垦田周边水域出现一些不明漩涡。

石人潭村村主任说，石人潭历史上就是一片很怪的水域，潭水最深处深不见底，早年传说潭中有水怪，有漩涡，多有祸害，故据说以前有人筹资建造雕石人置于潭中，潭中漩涡一度消失。村主任说，最近，潭中又有漩涡，似乎越来越凶险。有人亲见自家的狗被吸入，再也没有探出水面。

管理双庙荡围垦田的水利员也说，围垦田内部的河道中，有时也会浮出些死狗之类的漂浮物。

于是，陈镇长的现场会移步到了石人潭畔，水利站派人用船进潭探寻，探寻的人上岸跟陈镇长报告说，果真发现了一些大小不一的漩涡。

陈镇长紧急布置第二步的对策。让水利站邀专家会诊，拿出切实有效的解决方案。

几天后，专家组就来到了陈墩镇，对双庙荡围垦田附近水域进行仔细勘查。最终，形成了几套方案。有专家强烈提议双庙荡围垦田复原，恢复陈墩镇周边水系平衡。还有些专家分头对双庙荡围垦田附近不稳定水域进行勘探后，提出对双庙荡围垦田水势进行阶梯式减压。这当然也是没法之法。最后，陈镇长征询了方方面面的意见，决定采用第二套方案，继续围垦石人潭等周边湖荡。

陈镇长在开工动员会上，再三明确，全镇上下一定要全力以赴，赶在汛期前完成工程。

我和民工们一起吃住在工地，石人潭的十几条围堰同时填筑。工程规模虽大、耗资不小，然而全镇人都会算一笔大账。石人潭围垦后，排涝的电力将节省好多，而陈墩镇围垦田面积又将增加五百多亩。肥腴的湖底淤泥将会带来水稻的特大丰收。

为确保工期，各村分段承包，镇上企事业单位全力以赴，抽出大量的人力物力对口支援各填筑工地。甚至中小学校都组织师生编了鼓舞人的小节目到工地慰问表演。

围垦工程在汛期到来时如期竣工。石人潭的再围垦，彻底断绝了其间暗河的水流。石人潭底经围垦，也全成了良田。

工程竣工之日，陈墩镇举行了隆重的庆祝仪式，摇快船、赛龙舟、放烟火、踩高跷，全镇沉浸在欢腾的氛围之中。

然而这年汛期提前，如注的大雨整整下了半个多月，陈墩镇周边水域水位日夜猛涨，但泄洪没能如愿。镇上，粮库告急，医院告急，围垦堤特别告急。陈墩镇所有青壮年被紧急动员起来，三万多人，日夜守护，保粮库，保医院，保围堤。

陈镇长日夜带人巡视，一有险情，就抽调突击队排险。

原以为坚守半天天会转晴，水会泄走，可这次大汛却事与愿违。暴雨后，天放晴，水位没降反而在继续飙升。整个江南地区碰上了近百年一遇的大水，全地区告急，陈墩镇更是险象环生。

陈镇长急红了眼：查漩涡、堵管涌、谁管的围堤出问题，就拿谁是问。然而，几十道围堤外，漩涡四伏，揪人心弦，危在旦夕。好些围堤上，又用了大量的毛竹、土包，重新垒起更宽更高的围堤，但是不明漩涡仍层出不穷。

陈镇长是个拼命三郎，已经好几天没合过眼，困倦时，一接险情报告，又立马精神抖擞，带人冲到一线。

然而，最不愿意看到的结局还是步步逼近。最初出现的几处小小的漩涡，在双庙荡南堤外，可能夜色暗没被及时发现，等天色微亮，漩涡已形成了管涌。待陈镇长带着突击队赶到时，管涌已掏空堤坝，瞬间坍塌，堤外的洪水倾泻而入。陈镇长不顾一切，抱着土包就要朝决口处跳，被众人拽住。眼看决口越来越大，成片的洪水形成巨大的落差一下子撕裂了双庙荡多处围堤，就连新围垦的石人潭，也被冲开好几道口子。

在这次大决堤中，陈镇长和好几位冲在最前的干部被卷入洪水，紧张的抢救随之展开，会水的年轻人纷纷下水，边抢救边送医院，幸无人罹难。

这次围垦荡被淹，损失惨重，陈墩镇粮食总产量一下子又跌入全县最后一位。

被救的陈镇长引咎辞职，漩涡成了他永远的心结。

几十年过去，我重回陈墩镇。这时的双庙荡、石人潭已成了国际内湖游泳锦标赛专用水面，水质清澈，波光粼粼，波平如镜。

（刊于《小说月刊》2021年第9期）

寻访神秘写作者

　　我正在桥头刷标语，镇文教助理老凌陪人找来，说是省《群众文艺》杂志的李老师，来陈墩镇想寻访一位神秘的作家。

　　我安排李老师在客栈住下，便开始搜寻线索。李老师说，这位神秘作家用的是化名，投稿地址是镇邮局转的，去年杂志社有个中篇小说大奖也没来领。我突然想起，我以前的同事邹正除了喜欢琴棋书画，还喜欢写作。我们去邮局一问，基本证实了我的猜想。

　　李老师说："那我们去拜访一下。"

　　邹正在虬村乡校教初中语文。可镇上到虬村，得走水路，当天是来不及了，我们约定乘第二天早上的村镇小客轮去。

　　到虬村学校时，邹正正在上课，一直上到上午第三堂课。乡校老师少，邹正得一节课一节课顶着，而邹正只是一位民办学校的老师。

　　中午时分，我们随邹正一起回家用午餐。邹正是位残疾人，小时候，患小儿麻痹症，走路特别艰难，但是浑身收拾得干干净净，眉宇间透着读书人的深邃与自信。邹正老婆陈招弟是个手脚利落的能人，一见有客人到，割韭菜、切咸肉、取蛋、淘米、洗菜，不一会儿，一顿挺丰盛的乡味午餐就呈现在眼前。我们夸陈大姐时，大姐却自嘲着："哪里，哪里，我识字很少，只会干粗活儿。"

同事几年，我知道邹正和陈招弟之间有好多故事。早年，邹正和陈招弟是小学同学。陈家只四姐妹，没儿子，她爹娘从小把她当儿子养。陈招弟读小学晚，个子自然比所有同学高出一头。邹正，邻村的，脚跛，个小，读书却出奇好，却常被人暗地欺负。陈招弟本来就是男孩脾性，又真心佩服邹正的才气，见谁欺负邹正，总是以理相争，甚至出手相助。有时，天下雨，田塍泥泞，邹正来上学时常摔得一身泥水，陈招弟见了，帮他收拾，放学时，二话没说赤着脚背起邹正就走。陈招弟人缘好，又有三个屁颠颠跟着的小妹，每每此时，总有人随着拥着帮着背书包。高小毕业，家里需要劳力，陈招弟随爹娘一起下田劳作，充大半个劳力。邹正，成绩出挑，去镇上读书，寄宿在学校。后来，初中毕业，又以全县第一的成绩考取了苏州中学。到了1966年，高中毕业，原以为大半个脚已经跨进大学校门，高考却取消了，无奈回乡。身残，邹正只能在队里看看晒场，记记工分。邹正喜欢看书，又喜欢吹拉弹唱，大队宣传队总拉他去写唱本、配乐器。

陈招弟不几年就出落成了壮劳力。镇上冬季挖河，她带了铁姑娘队，跟邻村的铁小伙队较劲儿比赛，工地上的高音喇叭唢呐喊助威，"铁姑娘"的名声一下子响遍全镇，镇上指名让她做了队长、大队妇女主任。到了婚嫁的年龄，爹娘开始张罗陈招弟的婚事。家里没儿子，老大陈招弟，自然是要招女婿的。可在乡村找个能入赘的好男孩，也是挺不易的。于是陈招弟的父母到处托人。陈招弟跟爹娘说，我自己的事，不用你们瞎操心。后来，陈招弟径直来到邹正家，问邹正，愿不愿到我家入赘？邹正说，我是累赘，会拖累你的！陈招弟说，你有一个好脑瓜，我有一个好身板，本来我们就是天生的一对。邹正说，容我考虑半个月。半个月后，陈招弟提着为邹正缝制的新衣裳、纳制的新布鞋，二话没说，拉了邹正就走，见过爹娘也就算定了亲。婚后，他们有三个孩子，眼下一个读初中两个在小学。

陈招弟的饭菜弄妥当时，仁孩子也回家吃饭了。看上去，三个孩子都挺懂礼貌，念书都挺用功，也多才多艺。斑驳的老墙面上贴满了新新旧旧的奖状，客厅支架上，整整齐齐地摆放着磨旧的文房四宝之类的物件，与一般农家的摆设迥然不同。

吃了午饭，邹正又赶着去上课。课间，我们才找着时间，聊一些写作的事情，邹正嘴里含含糊糊的，不愿多说。李老师问："我能看看您的办公室吗？"

邹正昏暗的办公桌上堆着好些邮件、杂志、手稿和一些报社杂志社抵稿费用的稿纸、笔记本。李老师见了很激动，紧紧握着邹正的手，说："终于找到您了，好文笔呀！"

不善言辞的邹正，只是不停地说着"惭愧惭愧"。接着，邹正用几乎恳求的口吻说："李老师，一事相求，千万不要把我的事宣扬出去。我写小说不会虚构，生怕村里人知道了跟我过不去。"

临走时，李老师跟邹正老师袒露了这次寻访的真实目的，就是省作协已定，《群众文艺》恢复原刊名，让他物色组建正式的编辑班子，李老师这次来就是向邹正抛橄榄枝的。邹正说，容我考虑半个月。

又过了一段时间，我看旧杂志时，见到一部中篇小说，说一位残疾男孩，小时常受人欺负，想拼命读书远走高飞，却无奈高中毕业回乡，入赘一邻村农家，受人冷眼。妻子很能干，上有九十多岁的祖父母，下有三个在乡校读书的儿子，一个坚实的肩膀扛起了整个大家庭，也为自己的残疾丈夫挣回了失去的尊严……

看着看着，我落下了眼泪。我估计就是邹正的那篇获奖小说，那里有他自己的影子。

半个月后，李老师拿着两个人的回城车票来到虬村，说邹正的宿舍、办公桌都已为他准备好了，人先去，他的正式编制肯定批得下来的。

邹正老师沉默了许久，继而非常平静地跟李老师说："实在抱歉，我的根在虬村，我这辈子离不开我入赘的这个大家庭，我更离不开那再苦再难时也从不流泪的'铁姑娘'！"

中辑

放学回家

新生肖龙放学后独自回家，独自穿马路、乘公交，还带个小妹妹。

肖龙是二年级开学时才从老家转到县城读书的。

这天下课铃响时，高老师接了肖龙妈妈的电话，刚放下电话他便叫住肖龙："肖龙，你妈在哪里，知道不？"

肖龙点点头。

离开学校后，穿过马路，在幼儿园接送点，肖龙亮着接送卡，跟妹妹的老师说："我是肖兔的哥哥。"

肖兔的老师问："你妈在哪里，知道不？"

肖龙点点头。

接了妹妹，肖龙拉着妹妹一路快走赶上了8路公交车。上了车，肖龙用命令的口吻对肖兔说："你点好站头，五站路到清水广场下，不要弄错了。"

于是，妹妹肖兔一站站掰着指头，过了四站，妹妹快活地说："到了，到了。"肖龙、肖兔在第五站下了车，蹦蹦跳跳来到自家的杂货小超市。

妈妈正忙，一边结账一边隔着柜台喊肖龙："给姥爷送晚饭去。"

有顾客好奇地问："这么小的孩子，你差他送饭，放心吗？"肖龙妈妈告诉顾客，家里实在太忙，姥爷在医院里，没人送饭。顾客们七嘴八舌地说："你不怕孩子丢了？"

肖龙妈笑笑，坦然地说："没事，都八岁了，早该会做事了。我们八岁时早被爹娘赶下地割草了。"

肖龙取了给姥爷送的饭菜，拉着妹妹去了医院。

有一天，肖龙和妹妹刚从医院回来。

班主任高老师正在小超市里家访。

高老师说："学校规定，一到四年级学生如没有家长接，绝对不能一个人独自离开学校回家。"说的时候，高老师发现了肖龙妈妈身后的拐杖，有点为难。

肖龙妈妈说："肖龙去年在老家读一年级时就一个人去学校一个人回家，还要接在幼儿园的妹妹。"

高老师说："你们老家到学校的环境肯定没市区复杂。"

肖龙妈妈说："他们去学校，得翻一座小山，走四五里山路。每天八九里。刮风下雨都得自己去回。"

高老师只能说："城区道路、人员复杂，低年级小学生一个人进出，路上不安全。"高老师又以商量的口吻说："你们能不能放学时请个人接送一下？出一点钱。"

肖龙妈妈沉默片刻说："实在不瞒您说，我们进城很不容易。店小，利薄。两个孩子读书，还要还房贷。我爸又常常住院。手头紧得很。八岁的孩子，本来是我们家大半个帮手。他每天要接妹妹，给姥爷送饭，还要帮我跑跑腿送送货。这么大的孩子，好手好脚的，还要花钱请人去接他，那他妹妹怎么办呢？"肖龙妈妈说着，突然接了个电话，喊："肖龙，给东北面大姨送两大包餐巾纸。"肖龙接令一溜烟去了。

高老师沉默了。

第二天，放学时，高老师正踌躇着，有位家长给肖龙送来一件特制的橘红色的印有校名和联系电话的安全小马夹，说："肖龙的事，家长们都在群里关注着，大家觉得还是让肖龙回家时穿着小马夹试试吧。"高老师看群里家长们的建言献策，应允了。

这天，肖龙独自离校回家时，穿着那件亮眼的橘红色小马夹。不一会儿，家长群里便传来不同家长发来的肖龙的身影：穿马路、接妹妹、乘公交、去医院、送饭菜、送杂货、做作业……或照片，或视频。那是家长们在群里商议好的办法。谁也没想到，肖龙竟一下子成了家长群里的网红小明星，他放学后还四处忙碌，帮家里分担，肖龙一时间成了所有家长教育自己孩子的示范，都在说："你看看人家肖龙，多能干。""你看看人家肖龙，多勤快。""你看看人家肖龙，多孝顺。""你看看人家肖龙，多自觉。"，等等。最让家长赞叹的是肖龙功课优秀。

没过多久，班里改选班长，肖龙得票最多，成了新班长。

（刊于《昆山日报》2021年9月16日副刊）

共享晚餐

才下榻，肖能就从东道主提供的资料上，看到了一个熟悉的名字：丁楠。来自上海，估计是她。

没想到，这次新品研发招商的竞争对手，竟会是她——十几年前一次夏令营的竞技对手。

肖能研究过对方研发团队的实力，与自己的团队不分伯仲、各有春秋。如果硬拼，他们各自成功的概率都只有百分之二十。而他们共同面对的是三个实力都强劲的海外研发团队。

这让他不由得想起那次难忘的夏令营经历。

十几年前，肖能参加了一次华东地区的高中智能综合竞技夏令营。营地设在连绵的大山里。报到第一天，肖能被安排在一个五人小组，接下来的十天，他将与其他四位同学组团参加竞技项目的测试。

晚餐前，肖能和大家一样领到了统一配发的简单行装。教导员非常明确地告诉他们，第一个晚上的晚餐，他们将安排在学员小食堂凭餐券用餐。他们的餐券，就在他们各自的行装里。只是他们五个人中，有一个人没餐券。第一个晚上，大家就要面对百分之二十饿肚子的概率。还有，这四周的大山里根本没有任何小商店可以帮你。

互不相识的五个人顿时面面相觑。谁都期盼着开营第一天好运能眷顾自己。

甲男生是个小胖，率先在自己的行装里找餐券。他一下子就找到了那张幸运的红色餐券，欣喜着，生怕别人抢劫似的，不顾其他人，径直跑进那小食堂。

乙女生神色有些紧张，怯怯地在行装中翻寻，手忙脚乱，一时没找到，急得眼泪都快流出来了。最终，她还是幸运的。拿着那红色餐券，她的脸一下子变得通红，她为自己最初的失态而害羞。

丙男生，大大咧咧，他干脆把所有的东西一股脑儿倒在地上，那红餐券赫然在其中，他为自己的坦然、不屑一顾而得意。

小食堂外，就剩丁女生和自己，肖能反而不急了。他明白，今晚他和丁女生饿肚子的概率是一样的，一半对一半。如果他们之间不合作，他们将同样会面临百分之五十的风险概率，不管这一半降临在谁身上，都是百分之一百的不幸。他不愿这不幸发生在自己身上，同样也不愿意她"落难"。

肖能以平和的口气主动和丁女生打招呼："嗨，我叫肖能，来自苏州。"

丁女生微笑着回应："我叫丁楠。来自上海。"

为缓和一下紧张尴尬的气氛，肖能开了个玩笑，说："没想到，我们成了一根线上的两只不敢蹦的蚂蚱。"

丁楠说："其实，我的饭量不大，我可以多匀一点米饭给你。你不要有太大压力。"

肖能说："其实，我吃菜也是不讲究的，我可多匀一点菜给你。"

丁楠开始找自己的餐券，竟然一下子就找到了。

两个人击掌祝贺，一起坦然走进小食堂。

这时，那另外三个人，像捡了什么便宜似的早已匆匆离开了。

肖能和丁楠各自兑现了自己的承诺。饭菜一分为二后，肖能吃到了大半的米饭，丁楠吃到了大半的菜肴。

就在这时，肖能发现了一个小秘密，小食堂里的豆腐菜汤是免券的。于是，肖能舀了一碗汤，尽可能地把其中的豆腐、菜渣集中起来，又小心地把这碗珍贵的汤推到丁楠面前。丁楠笑笑，另取了一只空碗，一人一半。

用了餐，两个人在小食堂前小路尽头坦然分手。

填饱了肚子，一夜好梦。

第二天，晨会，教导员给五人第一项竞技项目打分：甲男生、乙女生、丙男生，不及格；丁楠、肖能各五分。

十天转眼就到了，丁楠、肖能最终获得了这次华东地区高中智能综合竞技夏令营总分并列第一。

离别时，肖能找到丁楠，说有一样纪念品要赠她。肖能掏出一张红色的晚餐券时，丁楠诧异了。肖能说，这是我后来在自己的行装里无意找到的。说明这是夏令营精心设计的一个考核项目，并不是真的要让我们挨饿。因为互信、合作，我们有幸得了高分。

招商会报到的当天，肖能果真见到了丁楠。海外留学的经历让丁楠更成熟，气质不凡。有了十几年前的合作，肖能直接破例跟丁楠提出了合作研发的意向。他俩明白，五个竞争团队，那三家可谓势均力敌。而他们虽各有短处，也有明显的长处、优势，正好互补。

接下来，肖能和丁楠以百分之四十的概率，幸运地打败了竞争对手，又在各自最强的方向联手，分工合作，在最短的时间里，圆满完成了新品研发，其结果大大出乎东道主的意料。

之后，肖能和丁楠把这种合作模式，称作"共享晚餐"式合作。靠这种"共享晚餐"式合作，他们在同行中脱颖而出，成为那个行业中两个并驾齐驱、长短互补、不容小觑的龙头研发团队，创造了一项又一项令人瞩目的辉煌业绩。

（刊于《小说月刊》2021 年第 6 期）

闺　密

　　珊妹和小虹是从小一起长大的闺密。她俩是金泾村的近
邻，又一起在陈墩镇上读高中，住一个宿舍，又是上下铺。她
俩喜欢琼瑶，而且喜欢合读，找到一本琼瑶的新小说，常常是
你看一小时我看一小时，看得作业也顾不上做、洗脸水也没
时间打。最终只能谁没轮上看小说时，谁去打饭菜、打洗脸
水。三年高中，她俩原本成绩都不差，只是阴差阳错选读了理
科后，成绩每况愈下。高考初试时，两个人双双落榜。离开学
校，小虹像出笼的小鸟，自由欢快；而珊妹却迷茫起来，后悔
自己选错了学科。她原本成绩一直很好，还是语文课代表。按
理是该选读文科的，只是她不喜欢历史老师，故硬着头皮选读
了理科。

　　珊妹毕业后，进了镇办服装厂，整日在电动缝纫机前缝
单一的线条。线条要求整齐，动作机械单一，容不得分神开小
差。但就算再专注，人也有走神的时候。她总比不上那些没读
过高中、比她年轻、早进厂、比她熟练的工友。她迷茫着，一

有空还是读琼瑶小说，但没小虹一起合读，珊妹觉得琼瑶小说已少了昔日那样令人神魂颠倒的魅力。无聊的珊妹，最终决定买书、自学，参加南京师范大学的自学考试，那里有她喜欢的中文课。

一日，小虹来约珊妹，说是请她陪自己去做一件事。原来，虬庄有一所戴帽子初中，缺一名英语代课老师，校长正是她们的语文老师、班主任李老师，而珊妹曾是语文课代表。

小虹说，这是一个挺好的机会，好多人盯着这岗位呢。

闺密有求，珊妹自然答应陪她前去。凭着以前的印象，两个人摸到了李老师家。半路上，小虹还买了八只红彤彤的大苹果。

李老师突然见到昔日的学生拎着大苹果上门又是惊喜又是诧异，问，你们有啥事吗？

珊妹不知怎么说。

小虹说，李老师您那虬庄中学是不是缺一名英语代课老师？

李老师说，是的。我们已经向镇里打了报告，就是一时还找不到合适的人选。

小虹说，李老师，我想当。小虹顿了顿又说，珊妹也想，她语文那么好，她想当语文老师。她语文好，您是知道的，她不好意思说。

聊了一会儿，李老师说，我知道了。

从李老师那里出来，珊妹冲小虹说，我可没说要当代课老师呀！

小虹说，你傻呀。你语文那么好。到时，我们，一个英语老师，一个语文老师，又可以在一起了。

珊妹说，八字还没一撇呢，你想得真美。

一天晚上，珊妹回家，好婆跟她说，今天白天有几个镇上的人过来问你和小虹的事，村里何阿婆、小泉妈，三姑婆都在。她们都是快嘴。

珊妹说，他们来问啥？

阿婆说，他们问，你们村有没有一个叫陈小虹的高中生？她在家一直在干吗？小泉妈说，有呀。她呀，人长得漂亮，嘴巴又甜，高中一毕业就找到了一个男朋友，天天黏在男朋友家，快了，说不定明年就可喝她的喜酒了。

珊妹又问，他们还问了啥？

好婆说，他们又问，那刘珊妹呢？

何阿婆、小泉妈、三姑婆一人一句，说，珊妹呀，书呆子，一回家就是捧本书看书，高考还没考怕，说是还要到南京去参加自学考试。老大不小了，就是不肯找对象，生怕耽误读书。当着我的面，她们也没说啥。

珊妹又问，没说他们是干啥的？

好婆说，我们问了，他们说是镇上的，随便过来看看问问。有一个好像是镇长。人家这样叫他。

珊妹不再问了，似乎这事跟她一点关联也没有，她还是看她的书，自学她的功课。

几天后，虹庄中学来人通知珊妹去学校报到，说是她被镇里选上做代课老师了，代的是英语。珊妹不想去，她喜欢的是语文，小虹才想做英语老师，然而小虹却没有接到报到通知。这样，珊妹更不想去了，因为她不想被人家误解自己背后做了小动作抢了小虹的饭碗，因此得罪自己最好的闺密。这是谁也讲不清的事，一般人都会这样想。珊妹回绝了虬庄中学来通知的老师。

晚上，小虹来了，冲着珊妹吼，你真傻呀。我没录取，是我没这缘分，我还不够格。录取你，是你够格。你不去总会有人去的，反正肯定轮不到我了。

第二天一早，小虹逼着珊妹去报到。

珊妹问，你真的不恨我？

小虹说，我为啥要恨你呀？你是我最最要好的闺密呀！

到了虬庄学校才知道，原来小虹黏的男朋友就是虬庄中学新分配来的大专生。学校缺英语老师的信息也是男朋友透露给她的，小虹想是想，但她清楚，珊妹比她更够格。

两年后，珊妹自学汉语言大专毕业后又在自学本科课程了，更让人兴奋的是县里转正一批代课老师，名额二十名，珊妹竟然考上了。只是虬庄中学撤了，她被分配到另一个乡村中学，如愿当上了自己喜欢的语文老师。

说起这，珊妹一直跟别人说，自己的闺密是她人生的最大福星。

这年冬天，小虹成了婚，珊妹是伴娘。

九步三弯

　　畯军小时候在玉山第一中心小学读书，从家里出来到学校要穿过一条弄堂，这条弄堂有一个怪怪的名字，叫九步三弯。弄堂不长，确实要拐好几道弯。

　　弄堂两边是围墙，还有一些人家大大小小的石库门。有一段围墙里种着几棵很大的石榴树。石榴树树冠很茂盛，有一些枝叶伸出了围墙。每年，先是开花，火红火红的，再是结果，一只只硕大的石榴，就像一盏盏通红通红的小灯笼。

　　大炳和小三子他们，每天也和畯军一样穿过九步三弯去学校。开花的时候，他们手痒，用树枝去抽、用砖头去砸。结果时，他们嘴馋，几次想搭了人梯扒上墙头去偷摘人家的石榴吃。

　　围墙里住着个很怪的小老太婆，每日在畯军他们上学放学的时候，总是手持小竹竿，躲在虚掩的门后，只要有谁蠢蠢欲动，小老太婆就会突然窜出来，扬着手里的小竹竿。以至大炳和小三子他们的阴谋没有得逞。

没有得逞的大炳和小三子他们有点恼羞成怒，每天上学放学的时候就像唱儿歌似的用编好的话骂小老太婆："地主婆，老寡妇。地主婆，妖形怪状老寡妇。"

据说，小老太婆以前是唱昆曲的，演的都是些小姐、丫鬟的戏。那时，剧院不让唱，小老太婆就在院里化了装偷偷地唱，被大炳和小三子他们偷窥到了。于是，大炳和小三子他们更是有恃无恐，反反复复地唱着，蹦蹦跳跳像一阵风一样过去又像一阵风一样过来。这一唱不要紧，却惹得小老太婆看所有的小学生都像仇敌似的，每日虎视眈眈地候着。

这日放学，大炳和小三子他们在峻军前面唱着，吵闹着，挑衅着。等小老太婆被彻底激怒了，声嘶力竭地吼着追出来时，他们又一阵风一样逃了。

突然，小老太婆龇牙咧嘴地拦住了峻军的去路。峻军和他们不是一伙的，自然不跑。

不料，小老太婆一把抓住了峻军的手臂。愤怒的她像老鹰抓小鸡一样把峻军紧紧地抓住。小老太婆人小，手却非常有力。

峻军攥着，一脸无辜，他申辩着，我没骂，我没骂。

管你骂不骂，我再也忍耐不住了，非得给你们这些没爹娘管的野孩子一点教训。

峻军惶恐地望着小老太婆。小老太婆松开了手，却一把抓着峻军头上崭新的黄军帽，手敏捷地轻轻一抛，峻军那心爱的黄军帽便被她抛到了围墙上的树枝上，晃荡着。那年月，谁都喜欢黄军帽，峻军的黄军帽还是正式部队里发的有编号徽章的那种，丢了黄军帽，等于割了晙军的心头肉，这是晙军头一天戴出来显摆的呀。

小老太婆气呼呼地回院，晙军却像热锅上的蚂蚁，在那里乱转。黄军帽在高高的树枝上，晙军根本够不着，又不敢离开，生怕被人弄了去。一直到天黑，那黄军帽好不容易被晙军用砖头砸了下来。拿着帽子，晙军这才灰溜溜地回家，不敢在爹娘面前吱一声。

过了几天，又是放学，大炳和小三子他们又在晙军后面唱着，惹小老太婆发怒。她早候着呢，一听他们叫骂，小老太婆的怒声便到了。大炳和小三子他们一听见声音撒腿就跑。晙军吃过亏，自然心里有点慌，一看他们跑，便在他们前头跑得更快。不料想，这弄堂是拐弯的，小老太婆的声音从这边出来，人却从那边的小门里出来。一出来，正好拦在晙军的前头，又一把把晙军逮住了。

晙军急了，差点没哭出来，一脸无辜，犟着申辩，我没骂，我真的没骂。

没骂，没骂，你为啥逃?! 小老太婆愤怒地质问道。

这回，晙军没戴黄军帽，她对晙军也有点无可奈何。这时，大炳和小三子他们还在一边唱着一边激着她，来呀，有本事来呀。

小老太婆松开晙军，挥着手里的小竹竿去追大炳和小三子他们。大炳和小三子他们一个个像猴子一样，蹿得贼快，小老太婆根本撵不上他们。

晙军委屈地独自回了家。

自此，畯军再也不跟大炳和小三子他们一起上学，一起回家了。他总是一个人，小心翼翼地像做贼一样，蹑手蹑脚地走过九步三弯，可每回总是紧张得心怦怦乱跳。

又一日放学，畯军磨蹭了好久，估计大炳和小三子他们确实已经走过九步三弯了，畯军才一个人提心吊胆地走进九步三弯。可冤家路窄，才转过一弯，畯军正好撞见了小老太婆。她拦着畯军，畯军躲也无处躲。反复申辩着，我没骂过你，真的没骂过你。

这回，小老太婆却一反往日的凶相，笑眯眯地，抓住畯军的手，像变戏法一样在畯军两只手里各塞了一个大石榴。那石榴真大，畯军的小手抓着它还有点打滑。

带回去吃吧。小脚老太婆细声细气地朝畯军说。

畯军怔怔地看了她一眼，只看见她化成小姐的脸一脸的温润可爱，带着慈祥。

几十年过去了，畯军在省电视台文艺部当总监。有一回，家乡的文化部门约他回玉山录一段昆曲传人的最后的演艺成像。

老人一百〇三岁，那天演的是昆曲《游园惊梦》的片段，她扮演小姐杜丽娘，那化了装的脸一脸的温润可爱。畯军儿时的记忆被突然唤醒，不由地问：您以前在九步三弯住过？老人诧异地点点头，说，一个有石榴树的小院，一直到城区改造才搬走。

畯军惊喜地说：我小时候，吃过您送的大石榴，两个，通红通红的。

老人甜甜地笑了，一脸慈祥。

蒙面少女与隐形男孩

一日，我过江去讲课，一个朋友托我把蒙面少女带过江，去见她的网友隐形男孩。我不解，朋友说，他也是受朋友所托。蒙面少女与隐形男孩都是网名。

七时许，薄雾缭绕，第一渡的起锚时间推迟了，码头上人头攒动。我在预先约定的《大海女儿》的雕像下见到了一位亭亭玉立的少女，披着轻纱，身边立着一只小巧的行李箱和一个巨大的琴盒。

我上前打招呼，你就是蒙面少女？

那女生似乎听力敏锐，她的耳朵先反应过来，眼睛顺着耳朵的指引，向我迎来，粉嫩的笑脸上透出一丝红晕。她银铃般的声音随即传来：我是，我是蒙面少女，您是万叔叔？

我说：我是，受朋友之托，送你过江。

蒙面少女身体轻盈地动了一下，似乎是在致谢，我不懂，但感觉到了。我似乎又感觉到了她眼睛对于四周人与物反应的迟钝。虽说她有一双洋娃娃般的水汪汪大眼睛，但似乎那只是摆设而已。

我背起大琴盒，拎起小行李箱，一手扶她上船。

她其实也不需要完全依赖我，她能够凭借敏锐的听力弥补视力的缺陷。

我喜欢音乐。蒙面少女银铃般的声音又响起，甜甜的。

我说，大琴盒是你的标志。

她笑了，似乎笑自己有点幼稚。

她只字没提自己的眼睛，我自然也不便提及。

首班轮渡拥挤、嘈杂。其实，我们不用找更多的闲话来排遣陌生人之间的尴尬。我需要用一些指令帮助她下船、进舱、找座、让她放心我在照应她的物品，然后，再离座、上岸。

按照朋友的托付，上岸后，我安稳地把她送到《大海母亲》的雕像前。我的任务也算圆满完成了。

把她安顿好，我又在一边的温馨早餐车上给她买了份热腾腾的鸡蛋卷饼和珍珠奶茶，小心地放到她的手上。这算是我的一份小小的心意。

临别时，只听得她一连串银铃般的声音：谢谢万叔叔，您慢走！

这天讲好课，我又参加了主办单位的一些观摩项目，用了晚餐，才匆匆来到江边渡轮码头，准备赶最后一班渡轮回家。当我赶到码头时，我无意中朝早上安顿蒙面少女的地方瞧了一下，不觉吃了一大惊：蒙面少女仍旧坐在《大海母亲》雕像下，安静得像另一尊雕像。

我急急地赶过去，问，见到隐形男孩了吗？

蒙面少女平静地摇摇头，轻声说，他没来。

你在这整整坐了一天？我问。

她微微地点了点头。那平静的语气仿佛在说一个与她毫不相关的人的境遇。

我急了，又问，你联系上他了吗？

她说，联系了，他一直关机。

让我看看他的手机号码。我说。

我的手机没电了。她说。

我觉得非常抱歉，竟然把一位高度弱视的远道而来的少女丢在渡轮码头整整一天。随后，我马上与我的朋友联系。我的那位朋友也正在着急，说，约定的蒙面少女与隐形男孩见面的音乐网络直播时间即将到了，而他们双双失联了。

朋友说，你先连上网络，手机也可以，我拉你进直播。

我跟朋友说，我估计这孩子到现在还饿着肚子，最后一班的轮渡就要起航了。我得带她上船，给她找吃的。

上了渡轮，我安顿她坐下，一边给她弄吃的，一边开始用我的手机进行网络直播。

蒙面少女取出她的琴，边弹边唱，神态可爱、笑容可掬、音色甜美、楚楚动人。

没想到，一会儿，隐形男孩也出现了，在网络上，也是边弹边唱，活泼可爱、青春焕发、声音浑厚、充满磁性。

轮渡上，顿时会聚过来很多乘客，大家不约而同地掏出手机，专注地拍着视频。我还不时听见有人在说，我们遇上蒙面少女了，真幸运，真想不到，蒙面少女还是个网红。

轮渡到对岸了，我们的直播也即将结束。朋友兴奋地跟我用备用手机视频聊天，问我，你知道吗，刚才的直播，吸引了多少粉丝？二十万，二十万呀！这是一次网络盛宴，谢谢你！多亏了你。否则，这次见面会让人因为他们的失联而失望。你救了场。谢谢你，谢谢你！

　　我问，那隐形男孩到底是怎么回事？

　　朋友说，他其实是位高位截瘫的残疾人。他们是网络上的一对金童玉女，有好多共同的粉丝。今天是他们第一次见面。但隐形男孩的父母临时改变主意，又不同意见面了，隐形男孩只能放了蒙面少女的鸽子。是你出手相助，他们总算没让网络上的粉丝们失望。

　　切断手机，我背起大琴盒、拎起小行李箱，腾出一只手，扶蒙面女孩上岸。

　　我掏钱把她安顿在靠江的一家快捷旅店，备了些食物，又给朋友发了一个定位，有点不放心地离开了。

　　第二天一早，我去外地参加一个学术会议。高铁上，我见几个年轻人边看网络视频，边兴奋地谈论蒙面女孩与隐形男孩的音乐见面会。

　　一半视频是我拍的，我知道蒙面女孩为此饿着肚子整整等了一天。一瞬间，我只觉网络很丰满，生活却很骨感。

（刊于《小说月刊》2021 年第 2 期）

陪读的大狗

开学时，教导处阿高领来一个脸色黝黑的小个子女生，说，镇上领导专门关照过，就放在你班上。

我有些不快，临中考了，还朝我班里塞学生，这让我咋弄呢？看那女生，怯怯的，沉默寡言，老是皱着眉，不像是个出类拔萃的学生。我有意推托，尤其见她身后跟一条黄毛大狗，更想寻找理由推托。其实，那大狗倒是一条好狗，很精神，骨架大，毛色亮，就是有点瘦，看着我们说话，它两耳微微耸着，左右看人，显得很机灵。我说，带着这么一条大狗，怎么上课呢？女生听我语气严肃，急得要哭了。阿高把我拉到一边说，你先收着，校长已经答应了，不收也不行。我无奈，只能把小女生领进教室，让她坐头一排。那条大狗像回家一样径直进了教室，课堂上顿时都是诧异的目光。我让她把狗拦门外，她憋不住又要哭了。我无语。那狗倒也挺乖，趴在小女生脚下，半睁着眼，一节课下来一动也不动。

下了课，我这才记得问小女生：你叫啥？小女生怯怯地轻声回答：柳青青。

回办公室，阿高过来说话，他说，你那新生，是银泾村的，那是个渔村。她三岁时，娘得病去了，她爹常年在外捕鱼，不放心她，一直把她带在船上，断断续续读书、辍学，已好几个轮回了。镇长去蹲点工作，见她爱读书，老是一个人在船上自学初高中功课，就劝她爹让她再回学校。我问，那她放学后回哪儿？阿高说，回银泾村。我说，那每天得来回七八里呢。阿高说，小女孩大了，自己能行。我无话可说。

进教室时，我又问了柳青青一些实际问题。柳青青一一作答。其实，她年龄也不小了，比同班的学生大了两三岁，只是个子实在瘦小，反倒像比同班学生小了两三岁。

柳青青上课非常专心，脚下的狗也非常安静。铃响了，那大狗才把耳朵警觉地竖起来。柳青青起身，它一下子精神起来，跟着柳青青。校园里，蓦然多了一条大狗，顿时多了一些紧张气氛。谁都知道这大狗不会咬人，然而谁也不敢贸然惹它。有任课老师进课堂时突然发现那大狗，吓一大跳，见我就嚷嚷。我答应，让柳青青不带狗来学校。

第二天，我进教室，那大狗仍安静地趴着。我说，柳青青，你不是答应我了吗？柳青青终于忍不住流出了眼泪，轻声说，它偏要跟着我，赶不走呀。

我只能跟阿高说，阿高跟各位老师做工作。柳青青的功课很好，这让任课老师全都愉快地接纳了柳青青和她的大狗。这样，每天总能见到一条大狗伴着一个小个子女生，天不亮就进校园，直到天黑才离开。

离中考还有半个月，柳青青突然几天没来上课，我急了，赶去家访。在柳家，我见到了正在做功课的柳青青。我问，你怎么好几天没来上学呀？柳青青挺伤心地说，我家狗丢了，没狗陪着，我不敢去上学。我问，狗在哪里丢的？柳青青说，在学校。

我回镇后，到派出所报了案。所长是我的学生。我说，没了狗，这个好学的小女生就没法到学校，眼看就要中考了。所长马上调看了学校附近的监控，知道大狗是被人弄晕了偷走的。所长带人冲了盗狗贼的老巢，很庆幸，那大狗还活着。

中考，柳青青发挥得挺好。中考成绩公布，全校震动。柳青青以全市第五名的好成绩填报了苏州高级中学。

又一个学期开学，我接了新班。当我走进教室时，眼前一亮。只见教室第一排原先柳青青的座位下，那条黄色皮毛的大狗仍然安静地趴着。我问学生，那大狗啥时候来的？最早进课堂的同学说，他进课堂时，那大狗就已趴在那了。

新班同学都知道这是上届学姐的大狗，百倍呵护着。到了吃饭时，总有学生省下饭菜喂它。晚上也是。就这样，大狗一直在我们的课堂里安静地陪读着。

天　使

2000 年除夕之夜，凌漪的出租房里出了件大事，先是从没露过脸的男房客，被三四十名武装警察围住，来了个瓮中捉鳖。他是潜逃六年的嫌疑犯，据说，出租屋里还搜出了自制短枪、管制匕首和大量现金。

最让人始料不及的是凌晨时分，女房客竟然扔下四五岁的女儿，从六楼跳楼自尽。

惊恐中的凌漪被小女孩的一声"妈妈"唤醒。名叫雯雯的小女孩，似乎是冥冥之中上天赐予凌漪的宝贝。凌漪对前来处理后事的民警说："让雯雯留下吧，他叫我妈妈。"

民警跟凌漪说："这事你得想好。一是小女孩的父亲罪大恶极，很有可能判刑极高；二是警方正在与小女孩的其他亲属联系，小女孩还有可能被领走。"

凌漪说："我想好了，雯雯叫我妈妈的。"

四岁的雯雯其实很聪明，会画画，会唱歌，会跳舞，还会背古诗。有雯雯在身边，凌漪觉得日子过得很快乐。只是，凌漪自辞职后还没有找到新的工作，原本自己的房子出租，拿了租金，可以维持自己简单的生活：日常开销外，再租一间车库自己凑合着住住。现在出租房出了那么大的事，房子一时租不出去，凌漪又开始发起愁来。最愁的还是雯雯，她该上幼儿园了，然而没有户籍，所有的公立幼儿园不收。

有人来打听租房，然而人家只肯出一千二的月租金，还要求季付。凌漪没法，只能先租一季是一季。

到了开学季，凌漪最终决定把雯雯送进全市条件最好的私立幼儿园。报到时的两万元学费，还是凌漪跟闺密借的。

有了女儿，凌漪给自己制定了长期人生计划：创立一家公司，凭自己在以前公司所掌握的销售经验创业打拼，为自己和女儿营造一个温馨的小家。

凌漪把自己的出租房抵押给了市里的创业扶持基金，低息贷到了创建公司的第一笔资金。开初，公司规模不大，主要做一些她原本熟悉的电子、妇幼保健等产品的代理销售。公司运作一段时间后，慢慢走上了正轨，销售业绩逐步见好。

周一到周五，是凌漪专心打理公司业务的时间，自己做老板，比以前少了好些揪心事，每天虽忙碌，然而心境很好；到了周末，凌漪就去幼儿园把雯雯接出来，快快乐乐地过上两天。雯雯会把一个星期里学到的所有的知识、技能向凌漪做汇报表演。自从进了幼儿园，她歌唱得更好听了，舞跳得更优美了，画画得更出彩了，甚至还学了好几句外语。据说，学校有外教，雯雯的外语发音还带着洋味。

几年后，凌漪的公司规模大了，生意也火了，自己也买了车买了房，不用再和雯雯一起住车库了。凌漪一直在想，雯雯给了自己创业的动力和激情，如果没有雯雯，她可能还住着车库，靠出租房屋维持生活。

这时，雯雯从幼儿园也毕业了，该上小学了。而这时，同样因为没有户籍，雯雯进不了公立学校。凌漪毫不犹豫地送雯雯上全市最昂贵的私立学校。

雯雯没有让凌漪失望，每次考试都是班上最好的。凌漪买了钢琴，请了钢琴老师。钢琴老师说，在我所有的学生中，雯雯是最勤奋也是最有天赋的。周末回家，雯雯常常被老师带出去参加一些公益的钢琴演奏活动。雯雯精彩的演出常令参加活动的家长赞叹不已。专家们也夸雯雯是个好苗子。最惊喜的是学校派雯雯去参加小学生发明大赛，参赛选手多是男生，学校还是毅然派雯雯这个小女将参加，不负众望，雯雯捧回了一个全国金奖。雯雯的每一个进步，都让凌漪欣喜。凌漪逢人便说："雯雯是个常常给人带来惊喜的小天使。"

然而，就在雯雯凭优异的成绩考上一所自费的外国语学校去读高中的时候，一名律师出现在凌漪的公司，她告诉凌漪，雯雯的亲生父亲出狱了，他要把雯雯接回老家。

凌漪仿佛早有预感一般，平静地说："雯雯大了，让她自己决定吧。"

又是一个周末，凌漪把此事告诉了雯雯。

雯雯出奇地平静，轻轻地说："妈妈，其实我不该瞒着您。早在几年前，有民警来学校找我，让我每半年给服役的父亲写一封信。我答应了，每学期考试后，我就给父亲写一封信，汇报我的学习成绩。为了不让父亲失望，我一直很努力。后来，我也收到了父亲的来信，他告诉我，他为了我一定好好改造，争取早日出狱。他真的也很努力，减了两次刑。"

凌漪说："雯雯，你现在的高中学校，是附近最好的，我有能力让你读更好的大学。"

雯雯说："妈妈，我想回老家，我曾对父亲承诺过，我不能让他失望。其实，不管读怎样的学校，我都会很努力的。"

那晚，雯雯悄悄地跟凌漪说："妈妈，今晚我想跟你睡。"

凌漪假装嗔怪道："你大了，得自己睡。"

雯雯却撒起了娇，"妈妈，我只有十六岁，属于未成年人。"

入夜，凌漪又一次搂着雯雯，禁不住吻了一下她的脸。雯雯咯咯地笑着，朝凌漪的怀里直钻。

危　机

　　爹娘没离婚前，尹燕似乎是个多余人，没人管她是否吃饱了、穿暖了。她是怎么一天天长大的，似乎没人知道，也没人在乎。到了离婚时，她爹娘都要争她的监护权。爹要争她，然而爹在城里没有住房，没有固定的工作，更没有户籍，他常年在几所民工子弟学校当体育代课老师，整天忙，居无定所，又不赚钱，法官自然不能把十七岁的女儿判给他。娘要争她，娘在陈墩镇上推销保险，虽说忙，但有自己的住房，收入也相对稳定一些。于是，尽管女儿不愿意，法官还是把女儿判给了娘。

　　来到娘生活的陈墩镇，尹燕一肚子不愿意，没有叫一声娘。娘找了几次校长，好不容易把尹燕送进镇中学插班读初三。临分手时，娘再三关照，你要好好听老师话，不要闯祸。可是，娘前脚走，班主任后脚就来了电话，说是尹燕把同学踢伤了。娘惴惴不安地赶到学校，赔礼道歉。政教主任说，尹燕说得没错，是两个蛮横的男同学欺负她的同桌，但她出脚也不能那么狠，把一个的牙踢松了，把另一个踢得满地打滚送进了医院。娘不敢责怪尹燕，只管自己在那里抽泣，一边抽泣一边骂尹燕的爹。是他从小教女儿练没有套路的散打，弄得女儿在外老是闯祸。尹燕闯祸的代价是娘赔了钱、又被学校责令休学一周反省。

尹燕在镇上逍遥了一周。回到学校，尹燕俨然成了同学们心中的偶像。

放暑假了，娘专门关照尹燕道，镇上不比城里，这里到处是水，你不要到水里去玩。这话倒好像是提醒了尹燕，她找到了镇上五六米高的急水港大桥，跟少数几个胆大的男孩子一样，从桥栏杆上一跃而下。而她如飞燕一般入水的姿势优美、潇洒。娘听人说后，几乎要气晕了，又开始骂她爹，说是他把女儿惯得像个野孩子。

娘无奈地跟尹燕说，这里水大，你不要游到双洋湖里去，那湖里常淹死人。第二天，尹燕就独自游进了双洋湖。那是怎样一个大湖呀，从湖这岸开船到对岸得一个多小时。尹燕朝湖里游了一个多小时，又往回游了一个多小时。别人告诉娘的时候，娘的双脚都不住地颤抖。

娘实在无计可施了，跟尹燕说你千万不要游到湖里的水冢独屿上，那里埋着几千年前的死人。第二天，尹燕独自游到了湖中的水冢独屿上。那是一片水草丰茂的低洼独屿，足有小半个篮球场那么大，地势低洼到几乎与水面齐平，没有人迹，只有长途飞行中歇脚的鸟儿。尹燕突然觉得，人躺在低洼的水草上，足以体验水天一体的感觉，身下是凉爽的湖水，身上是炙热的阳光。覆一层清水，烤一阵烈日，尹燕觉得自己的皮肤在呼吸大自然的精华，越发黝黑紧致。尹燕，喜欢水，很小的时候，就整天整天地被爹丢在游泳池里。因为爹要在整个暑期一天不落地当教练、当救生员，赚生活费，而把女儿丢在游泳池里是最安全的带娃方式。尹燕从小在游泳池里长大，练就了一身游泳本事，然而在一次次的女子少年游泳比赛中，虽说她速度、爆发力都很好，但总比不上专业训练的对手，她总屈居冠亚军之后。尹燕不甘心，她知道自己的实力，她要挑战女子铁人三项，而游水冢独屿，似乎是她的最佳选择。当别人告诉娘，尹燕一个人在水冢独屿上晒太阳时，娘几乎要崩溃了。娘跟尹燕说，你这么犟，我可管不了你了，你去找你爹过好日子吧。尹燕一副漫不经心的样子，说："我可不要你管。还有，你哪天好好地管过我呀?!"

尹燕每天依旧我行我素，从急水港大桥一跃而下，游进双洋湖，在水冢独屿上晒一段时间太阳，再游回镇上。每天如此，似乎在跟娘示威。

半个月后的一天，当尹燕从水冢独屿往回游的时候，湖面起风了，而且愈来愈大，她是顶着风游的，然而风大浪高，她又被打回水冢独屿。她试图顺风游，可顺风游的湖面更宽，她不敢尝试。只能躺在水草上，等风小下来。然而，她不知道这是台风，尚未发威的台风。她被困在独屿上，孤立无援。风越来越大，浪越打越高，她只能躺在独屿中间的低洼处，不敢站起身子。此时的风浪足以一下子把她打得老远。尹燕第一次觉得有点害怕。第一次盼着爹能过来救她。

风浪肆虐着，威力越来越猛，尹燕为了自保，只能用手在身边低洼处挖坑，她想只有给自己挖一个小坑，躲在坑里，才不至于被更大的风浪打走。不知过了多少时间，坑挖成了，尹燕躲在坑里，成了泥人。累得筋疲力尽，肚子也饿得咕咕叫。

又不知过了多久，远处驶来了一艘白色的快艇。艇尾插着一面国旗。过一会儿，艇上的高音喇叭开始喊话："独屿上的人听好了，风大，我们的艇没法靠近，我们抛救生圈，抓住救生圈套在身上。"高音喇叭喊了一次又一次，救生圈也抛了一次又一次，终于有一次稳稳地落到尹燕的身边，尹燕用救生圈套住自己，被艇上的人拉上了艇。

原来，娘看台风来时女儿不在身边，一下子就急了，报了警。110 联系上了在附近的巡逻艇，救了尹燕。

艇靠岸时，围观的人很多，尹燕一副满不在乎的样子，而娘则瘫坐在岸边。

台风过后，尹燕又去游水冢独屿，走出家门，她似乎突然想起什么，回身进屋，冲着娘迟疑地喊了一声："娘，我去训练了。"

娘听后一愣，"嗯"了一声，眼泪涌了出来。尹燕走后，娘忍不住放声大哭。

小丽看店

　　小丽家的小店开在文昌路附近，那其实是家小便利超市，吃的、用的都有，就在住宅小区里。平时，小丽妈在店里照看，小丽爸进进货，给附近用户送送桶装水。

　　小丽八岁，读小学一年级。小丽是个做事麻利的小姑娘，在学校是个劳动委员，把教室整理得井井有条。每天放学后、周末她就在店里玩玩，做做作业，当爸妈的小助手。

　　一个周末，小丽外婆胆结石突然复发，得进医院动微创手术，小丽妈去医院陪外婆。小丽就在店里看店。

　　小丽爸照样进货、送水，忙忙碌碌。

　　看店的小丽，小嘴很甜，顾客来了，她会根据顾客的年龄，熟悉的不熟悉的，一律爷爷、奶奶、叔叔、阿姨很亲热地称呼着，让客人自己在货架上取货品，让客人自己扫微信、支付宝。实在要付现金找零的，小丽就把收银机打开，抓一把零钱，让客人自己找零。每当小丽做这样"夸张"的动作时，客人们都会会意地笑了，有的甚至跟小丽开玩笑，笑着问：

"小妹妹，你不怕叔叔偷偷多拿钱吗？"小丽笑得更欢，说："叔叔你是好人呀！"

店里有一部电话，时不时很清脆地响起，那是一部预约送水的电话。小丽妈看店的时候，接了电话，就在一本练习册上一一记下，给小丽爸送水用。这些，小丽都看在眼里。

小丽看店时，电话又响了。小丽一接，果然是预约送水的电话。这没有难倒小丽，她一边接一边在练习本上记。什么小区、几号楼、几室、谁谁谁，还有什么单位、几楼、谁谁谁，记得清清楚楚，临了还不忘问一下对方的手机号码。

小丽爸回店时，小丽喜滋滋地把自己的记录本递给了爸爸。

爸爸一看，只见上面工工整整地记着"pántíng 小区 8 zhuàng 2 mén 305 室 qiáng 爷爷一 tǒng 水，电话……"。一下子蒙了。问，"小丽呀，你记的是什么呀？"

小丽说，"槃亭小区 8 幢 2 门 305 室强爷爷一桶水电话……"。

小丽爸回过神来："原来是拼音，不是外语呀。爸爸不认识。"

小丽一本正经地说："老爸呀，你小时候读书是怎么读的呀！"

小丽爸听了，只呵呵地傻笑着，心里酸溜溜、甜滋滋的。

于是，小丽读，爸爸记，把送水预约记录重新整理了一遍。小丽爸这才拿着单子一一送水，竟然一家也没错。

周末两天，小丽看了两天店，一结账，营业额竟比平时还要好，乐得全家都夸小丽能干。

　　小丽看店，最大的变化是小丽爸晚上不再出去打麻将了，每晚拉着小丽学拼音，"e"呀、"a"呀，学得特别用功。老爸常常读错，小丽就一本正经地"教训"老爸："你这个人，怎么这么笨呀！你不学好拼音，怎么做生意呀！"

指　伤

小莉到了谈婚论嫁的年龄，然而如意的另一半迟迟没到来。

小莉，身高一米七二，亭亭玉立。脸型也俊俏，秀美中透出些许冷峻。大大的眼睛闪烁着少有的明丽。读大一时，就有不少男神傻傻地盯着她发愣，可最终都没有哪位决意追求她。校园里，那热情似火的校啦啦队队长几次途中遇到她，都诚意邀她入队，然而每次都被她婉拒了。小莉很少参加热热闹闹的活动、聚会，总见她一个人抱着几本大号的书文文静静地缓缓地穿行在树荫浓密的校园小道上，款款而来，款款而去。时间长了，同学私下里自觉不自觉地把她归到冷美人的行列。小莉渐渐脱离同学们的小团体，似乎成了一只美丽的孤雁。

大学毕业后，小莉以非常优异的成绩，考取了市实验中学高中英语老师的岗位。上课第一天，小莉就把自己的学生慑服了，凭她高挑的身姿，她冷然的气质，她出色的英语水平。上第一课她就请学生们叫她小莉老师，她喜欢别人这样叫她。

当一位有点调皮的男生鼓足勇气假装怯怯地唤了一声"小莉老师"时，大家从老师脸上甜美惬意的微笑中，感受到新来的冷峻女老师，其实也挺亲和的。学生们从喜欢上小莉老师，到喜欢上了小莉老师的英语课。一段时间下来，小莉老师任课班的整体英语成绩一直在年级中稳居领先地位，甚至有家长私下找校长要求把自己的孩子调到小莉老师的班上。

然而就是这么一位出色的女老师，随着年龄的增长，脱单似乎成了最大的问题。跟当初读大学时一样，小莉老师初到新学校，其实也有不少年轻的男生对她有意，然而最终都没有哪位发起追求的攻势。教师业余时尚表演队队长几次诚意邀她入队，每次都被她婉拒了。小莉老师同样很少参加学校的活动、聚会。

时间长了，同事私下里称她为冷美人。渐渐地，小莉老师又离群了，成了一只美丽的孤雁。

这期间，同事们渐渐发现了小莉老师形单影只的真正缘由，小莉老师其实是位名副其实的"掌上明珠"。每天一早，小莉老师到学校上早自习时，总有一位高个老男人步行送她进校门，每晚学校晚自习结束，那位老男人总是候在校门口伴她步行离开，一年四季，风雨无阻。有时，甚至白天时，学校附近也会出现那男人的身影，还包括一些电话。后来，师生们都知道了，常年接送小莉老师上下班的那位是她的老爸，以至于有年轻的同事想走近小莉老师时，总觉得她身边那高高的老爸，怪怪的。

其实，小莉老师并不像同事们想的那般冰冷。一次，市教育工会组织部分年轻老师赴安徽金寨山区慰问支教老师，小莉犹豫再三还是参加了。一同参加的还有邻校的一位物理老师，叫殷泉，硕士研究生毕业，入职才两年也是单身。两个人第一次上车时，谦让着坐在商务车的最后一排，无意间的闲聊中，互相产生了好感。殷泉身材高挑，酷爱运动，青春焕发。

在金寨山区慰问途中，有个学校在村庄后的山坡上，车子无法直接抵达，需在山路上步行。小莉老师犹豫片刻，还是随队一起步行，然而在行进中，小莉老师渐渐觉得体力不支，气喘吁吁，渐渐与队伍拉开了距离。殷泉伴在小莉老师身边，先是为小莉老师背行囊，让她轻装而行。后来，小莉老师觉得累了想在路边的石条上坐会儿歇息时，殷泉主动陪着。可就在此时，突如其来的状况让殷泉措手不及，只见小莉老师的身体瘫软下来，口吐白沫、抽搐不止。殷泉以前的同学曾经也有这样的，他马上反应过来，一手托着小莉老师的脖颈，一手掰着她的牙齿，因为他知道，此时最危险的是她可能不由自主地咬伤自己的舌头，那是有生命危险的。情急之中，小莉老师的牙齿被殷泉掰开了，可殷泉自己的手指却被小莉老师紧紧地咬住了，疼得殷泉直掉眼泪。就在此时，小莉老师掉在一旁的手机突然响了，殷泉艰难地腾出托小莉老师脖颈的手，按了一下手机。手机里传来一位男子的声音，听得不是小莉老师的应声，男子急了，急忙问明情况，一连串地说，我是小莉的爸爸，她间歇性癫痫犯了，请你这样救她……小莉爸爸不间断地大声重复着急救要领，殷泉按照要领施救。过了一会儿，小莉老师渐渐地恢复了神智，像婴儿一般安静而疲惫地睡着了。等她醒来，看着殷泉血迹斑斑的手指，满眼歉疚。

这回，金寨山区之行，殷泉寸步不离地守护在小莉老师身边。同行的老师并不知道背后发生的一切，只是会意地跟他们开一些善意的玩笑。

半年后，小莉老师准备带着殷泉去见她的老爸。小莉老师非常坦诚地跟殷泉说，你如果要和我在一起，应想好潜在的风险。其实，我从小患有先天性癫痫，以前常发作，我妈受不了这种打击，选择了默默离开，我爸关掉了正在兴旺发展的公司，带着我满世界找名医治疗。一次次，我发病时，为及时施救，为防我咬舌出危险，我爸总是用自己的手指塞在我的牙齿中，以致我爸的手指早已是伤痕累累、弯曲变形。

殷泉说，放心，我会像你老爸一样呵护你。两个人呵护总比一个人来得强。

那年，小莉嫁给了殷泉。由于积极治疗，小莉的病情得到了很好的控制。

（刊于《昆山日报》2021 年 8 月 6 日副刊）

庄强被他爹治服了

庄强是我们家属大院的哥们儿，跟我一个学校一个班。那年，我们六年级。

庄强挺讲义气，院里的小哥们儿若受人欺负了，他常会出手相助。

有段时间，西街几个小混混，老堵我们放学的路，找我们的碴儿，跟我们要吃的、玩的。

我们不敢走学校回大院的直道，只能偷偷结伴绕几条小巷回家。

一天，庄强跟我们说，放学时，让我们跟上他，他偏要走那条靠近西街的直道，偏要看看他们敢不敢惹事。我们不知庄强有啥能耐，全都半信半疑的。

临近放学，有人发现了庄强的秘密，并且把这一惊天的秘密向老师告了密。

老师如临大敌，上课时把我们几个有牵连的同学，全都叫到了办公室。我们不知发生了什么大事，一个个懵懵懂懂地站在办公室里，排成一排。

庄强单独站在办公室的一角，耷拉着脑袋，远处桌子上放着一枚手榴弹。

校长来了，把我们的家长一个个全叫到了学校，跟往常一样，我们被"请"的家长都是妈妈。但庄强被"请"的家长却是父亲，他板着脸，身上穿着蓝色的警服，鲜红的领章帽徽特别晃眼。庄强的爹是公安局的政委，打日本侵略者时就参了军。这回，庄强可把事给闹大了。

校长远远地指着桌上的手榴弹，惴惴不安地跟庄强的爹说，庄政委，实在不好意思，我们只能惊动您了，您家庄强把那么危险的东西带学校来了。

庄强爹径直走到桌边，拿起手榴弹，先掂掂，然后拎在手里，走向校长，把校长惊出一头冷汗。

庄强爹一改平时的威严，温和地跟校长说，校长，实在对不起，我教育上疏忽了，有愧于学校和老师，我一定严加管教，绝不再给学校和老师添麻烦。说着，庄强爹把手榴弹往庄强怀里一丢，口气特别严厉地说：回家！

庄强拿着手榴弹，耷拉着头跟着他爹走了。

校长和老师一个个面面相觑，所有的眼睛都盯着庄强手里的手榴弹，一个个仍心有余悸。

庄强回家，先是被他爹一通好训，继而一个人在院子对面的小厨房里关禁闭面壁思过。眼前的桌子上竖着那枚手榴弹。到这时，我们才闹明白，原来那是一颗训练弹，外观跟真的简直一模一样。

第二天一早，被关了一宿禁闭的庄强背着铺盖拎着网兜，站在院子里再次受训。

我们一个个躲在窗后不安地看着，不知又要发生什么大事。

庄强爹训话说："回老家，就跟着你三叔，白天跟他上山干活儿，晚上自学功课。三叔吃啥你吃啥，三叔睡哪儿你睡哪儿。回老家后，把身上所有的坏习气给我全改了，不改好，就别想回来！"

庄强一脸沮丧，背着铺盖拎着网袋走出了大院。

这一走，就是大半年。

庄强没娘，他娘去年生病去世了。庄强走后，庄强爹一个人进进出出显得有点孤独，老拉着脸，很少与人打招呼。

同学中若有人问起庄强，我们只会神秘兮兮地告诉他，庄强被他爹赶回老家去了。老家有山，庄强在山里。

临近小学毕业考初中时，庄强突然出现在大院里，仍背着铺盖拎着网兜，个头似乎一下子长高了许多，衣袖裤管短了一些，橡胶鞋磨烂了，鞋面上有好些小窟窿。人比先前瘦了好多，越来越像竹竿了。庄强的脸特别黑，黑得泛油，活脱脱一个山里娃。

像山里娃一样的庄强似乎木讷了，变得不爱说话了，和我们一起上学的路上，他一句话都没说，只字没提这大半年是怎么过来的。

庄强到班级的第一天，班级里正好补选劳动委员。原来的劳动委员太懒，弄得我们班的卫生检查打分一直在全年级垫底。班主任不要他再做了，但没人自告奋勇地当劳动委员。这时，庄强举了手。班主任说，就这样吧，庄强，新的劳动委员。

庄强真的变了一个人，上课特别认真，估计他走了这大半年，得费点工夫才能把功课赶上。每天放学，庄强总是留下来和值日生一起打扫教室，每天把窗户玻璃仔细擦一遍。假如黑板没擦干净、课桌没排齐、工具没放整齐，庄强绝对不允许当天的值日生离开教室，而他总是最后一个离开。自从他接任劳动委员，我们班的卫生检查打分一跃而上，长居全年级第一。班主任老师乐了。

到了毕业升学考试，庄强考了年级第六名。大院里的人都说，庄强被他爹给治服了。

到了新的初中学校，我和他还在一个班级。新的班主任老师提名他做班长，他自己却主动要求当劳动委员。初中、高中六年，我们一直在同一个班上。高中毕业考大学时，庄强考上了军校。

三十多年过去了，庄强一直在大西北的戍边部队里，几乎没有回过家。听熟悉他的人说，他在部队里是带兵的团长，一位出色的军人。

庄强的爹早已离休，到了干休所。有时，在街上还能见到他，庄强的爹老了，但走起路来仍身板挺直，军人气质不减。

空巢老教授

邰告打通了签约上的住宅电话，等了好久，才有一个苍老的声音问："Who's that？"

邰告忙用英语非常诚恳地说，岳教授，我是研究生院新生邰告，我和研究生院学生部签了约，和您结对，成为朋友。我想冒昧地问一下，我什么时候能够到您府上拜访？

等了好久，岳教授说，你把签约原件带来，要有公章的。显然，岳教授很戒备这突然的来电。

邰告又问，今天下午方便吗？

电话里竟传来另一种语言，似乎很遥远，邰告蒙了，一句也没听懂。

一旁的学姐笑了，说，岳教授会六国语言。他老大在美国，老二在法国，他就喜欢一个人独住。不愿跟人搭腔了，就用外语跟你搅和。院里帮他请的保姆，老是没待几天就走了。你跟他对上劲了，你会觉得岳教授还是挺和善的。

其实，邰告和院里签的是关爱空巢老教授的公约，但对外说是和老教授结对。

下午，学姐带着郜告登门拜访。敲了好久的门，门内电视机声音很响，就是没其他动静。他们一边敲门一边打电话，岳教授才来开门，他从那一丝门缝中问，谁？

学姐说，岳教授，我是小岳，小本家呀。

岳教授这才开门让两个人进去。

一进门，两个人都觉得不对，偌大的房子门窗紧闭着，炎热中带有一股怪味。仔细一瞧，屋里空调竟开着热风。

学姐就去关空调、开窗户，岳教授拦着，说，电视里说有重度雾霾呢。

学姐说，哪有呀，电视里说的是北方呀，您钢筋铁骨的身板没那么娇气。

郜告这才端详起传说中会六国语言的岳教授，他是个个子矮小、眉发均白的小老头儿，九十多岁的人，初看也不怎么显得苍老。

这天，是学姐和郜告交接班的日子。学姐与老教授结对两年多，她就要离开了。显然，岳教授适应学姐快人快嘴快手的脾性，他们处得挺融洽。学姐一边嘴上说，一边帮老教授收拾满屋子乱丢的书。可是郜告不会学姐那一套，他只是愣愣地在屋里站着，惊讶于老教授满满几大屋子的各种语言的学术著作。半晌，郜告由衷地说了一句：岳教授，我若有您这十分之一的书，我这辈子的梦想就实现了。

岳教授脸一沉，说，小子，我警告你，来我这里，可不准打我一本书的主意。

显然脾气古怪的岳教授曲解了郜告的话语。郜告忙申辩，岳教授，不会的，我绝对不会的。

学姐笑了，说，这些书，教授比儿子孙子还宝贝，他不愿出国，生怕这些宝贝有个闪失。

那天，学姐离开后，郜告留下了，他被老教授的书吸引了，一屁股坐下去其他的什么都不想了。看着看着，只觉得肚子饿了、嘴渴了。郜告自己取些白开水，找些现成的饼干对付着，还看着书。一直到夜深人静，郜告这才想起该回自己的宿舍了。老教授却在靠窗的藤椅子里酣睡着。扶教授上床睡安稳了，郜告这才轻手轻脚地离开。

一连半年，郜告一有空就来岳教授家，一看书就看大半天。为防饿着，来之前他带了些面包、豆干、薯条、鹅颈、辣鸡爪、爆米花之类的吃食。岳教授也不客气，专挑自己喜欢的拿，然后坐在靠窗的藤椅里津津有味地啃着。有时，高兴了，岳教授就跟郜告说俩儿子小时候的趣事。郜告家境不好，他非常体谅父母，专心读书，从小就没好好玩过。郜告挺羡慕岳教授儿子的，能从小在书堆里长大。

半年后，院指导组策划了一个让老教授重新体验一天学生生活的小项目。郜告把项目策划书给岳教授看的时候，岳教授起初不同意。郜告就说，岳教授，没这个项目，我签约考核得扣分。岳教授，您高抬贵手，给我一个小机会吧。其实，院里策划的这个小项目，也只是一个建议项目，没这么认真。

岳教授勉强答应了，郜告便把岳教授带出家，说好 AA 制，在校门口的小餐馆小撮了一顿。郜告还弄了半杯花雕酒，喝得老爷子脸红红的，话也多了，说晚上一定要住在郜告的学生宿舍里。第二天一早，岳教授就醒了，拉着郜告说，该早锻炼了。郜告自然不敢怠慢，陪老教授晨跑。人家跑十圈，他们"跑"一圈。跑过了，两个人拿着饭盆去食堂排队吃早饭。油条、糍饭团、豆浆，老教授一样吃一些，直呼好吃。早饭后，郜告自然带了岳教授去教室听课。授课的李教授一看，不自在了，教师里坐了祖师爷辈的岳教授，他一时不知如何是好。郜告讲明了岳教授听课的原委。李教授这才跟平时一般放松了，这课上得挺精彩。

这天，郜告把岳教授送回家时，岳教授还挺兴奋，给老大、老二打电话，叽叽咕咕说了好久。

之后，郜告一直忙着自己的学业。一天，郜告正在做功课，突然接到岳教授的电话。岳教授问，小郜，啥时我再到你那里体验体验？

郜告一听，乐了，说，我这就来接您。其实，郜告的功课中，正好有个难题搁着。

鹿城的山村记忆

　　十八年，也许是一个轮回。在朋友安排的大西门步行街的一次音乐聚会上，我竟然遇见了阿瑛。她竟然也在鹿城——经营着一个音乐茶吧。聚会结束时，阿瑛约我到她的茶吧坐坐。

　　我应约来到那个叫"遥远的木风琴"的音乐茶吧的那晚，是平安夜。那真是个温馨的夜晚，没有风，算是暖冬吧。茶吧里播着萨克斯演奏的《回家》。

　　阿瑛告诉我说，她选这个日子，是因为她还记得，十八年前我离开她那个小山村的晚上正是平安夜，那晚，她只觉得一夜的惘然、无奈与无助。

　　我站在室内芭蕉叶旁，透过木格子装饰窗，凝视着眼前高低错落的根根茎茎的草饰。稻草和麦秸的编结，原始而又时尚。在柔柔的灯光下，芦絮定格了，情调是暖昧的。

　　"怎么样？"阿瑛似乎有点得意地问我。

　　"不错。"我说。

　　"不错就是不怎么好。"阿瑛说，"我让你看更好的。"

那天，阿瑛穿着冬日的套裙，我说不上颜色，像是绛红色的，只觉得有点贵气。我发现阿瑛变了，变漂亮变成熟了，身材匀称了，腰肢也是柔柔的，已没有了土里土气的样子。

我没有说话，只是紧紧地跟着阿瑛在虚拟的山涧篱笆墙与小木屋间穿行。

"闭上你的眼睛，让我给你一个惊讶！"阿瑛说。说的时候，阿瑛站在一块鹅蛋形的草坪上，那当然也是虚拟的，她的手扶着一架蓝色大布蒙着的大物件。

我睁开眼，看到了一架木风琴，像我十八年前见到的那架老式的木制旧风琴一样。我摸了摸，木质显然老旧了。琴键也磨损了不少，但坚硬如老人的健牙。脚一踩咯吱吱地响。风仍是鼓鼓的，依次一按，只是中音和高音区中有几个哑音，白色的琴键奋拉着。

"比原先那架要好多了，给我两天时间，我会修得像原先那架一样，让哑音亮起来。"我想。其实，这只是一个摆设，恰如无法飘动的芦絮。

阿瑛为我安排了一间小小的包厢，粗布的门帘半幅垂着。阿瑛吩咐服务女生为我们上些什么，再播放些什么。"没事不要来打搅。"阿瑛让服务女生吩咐下去。

饮料端上来，我呷了一口，说："这是大麦茶。"阿瑛说，"你不是说我家的大麦茶最好喝吗？"我说过吗？我忘了。

音乐似乎换了，不再是《回家》。而是《在那遥远的小山村》，我听得出，那是阿瑛自己唱的。

"你在怀旧，阿瑛。"我想，但我没说。

十八年前，我师范毕业，援教去了那远离城市的小山村，这是我的渴望。我并不高尚，我只是一个志愿者。我在那里遇上了阿瑛，她才高中毕业，到自己村里的小学当老师，是代课的。小山村里的日子，缓慢而又慵懒。太阳高高的我们才上课，夕阳还老高我们已经下课了。送走学生，便迎来漫漫长夜，幸亏有那架老掉牙的木风琴，这是几年前老校长从镇中心校要来的，风琴已经漏气，有些哑音，我花了整一个星期，让它又发出老黄牛般魔幻奇妙的声音，呼嚓呼嚓地踩上去，节奏正好跟小山村的慵懒合拍。

阿瑛家离学校不远，每天送走学生后，她又折回来看我弹琴，后来她竟能跟着我的琴声唱一支又一支流行的歌。阿瑛的歌喉是清甜的，"在那遥远的小山村，小呀小山村……"这是阿瑛最爱唱的。他们的小山村，产桃产梨产杨梅，记得阿瑛曾告诉我，一到春上桃花梨花开的时候，满山满野的是粉红的白色的紫红色的云彩，要多美就有多美。只是，桃梨杨梅再好，不好当饭。从山里运出去，经过那么多山路，自然卖不了多少钱，山里人一直穷着。

一天天，总是我弹琴她唱歌。我们的琴声与歌声，惹得村民驻足，一茬又一茬的。

小山村民风纯朴，家家敞门露户，但是突然有一天早上，我们学校的门窗竟然被人撬开了，所有的抽屉都没有失窃，唯有那架木风琴被砸得稀巴烂。我好恨自己，就住在学校的院子里，睡得竟像死猪一般。阿瑛后来告诉我，这不能怪我，因为她定亲了。我疑惑不解，她定亲与这木风琴被砸是完完全全不搭边的两件事。几天后，我被原派遣的教育局召回。

"那架木风琴真好。"我和阿瑛同时说。只是我不知她指的是这架还是那架。

"你知道，"阿瑛说，"我是特别特别喜欢当老师的，我最想当音乐老师。我多么想伴着那架老旧的木风琴在山村里的小学校里教孩子们唱歌一直唱到白头。但风琴被砸了，全是因为我。我的心像被人割了一道口子，被深深地伤害了，我不再留恋那个山村。我一个人走了出来，义无反顾。唉，我走出了山村，却永远走不出山村的影子。这些年我拼命唱歌赚钱。我一直在想，等我赚够了钱，我一定在我们村头盖一所新学校，置上一架最好的钢琴，请上一位最好的音乐老师，让我们的小山村里整天有琴声有歌声。"

说着，我发现阿瑛的眼湿润了。

半晌，我说："要不，我明天把那架木风琴修修吧。"其实，我也知道，那已是毫无意义的事了。小山村、老风琴，只是一个挥之不去的回忆而已。

小红包

　　琳琳的婚礼上，阿姨给了琳琳一个小红包，郑重其事的。阿姨的小红包，在那晚看似热闹却有些尴尬的婚礼气氛中，显得有些滑稽。琳琳妈也参加了婚礼，她以挑剔的眼光审视着外人无可挑剔的婚礼，似乎对琳琳后妈这种过分吝啬的做法有些鄙夷，愤愤不平。

　　阿姨，其实是琳琳对后妈的专称。就像阿姨的女儿琴琴对琳琳她爸称叔叔一样。琳琳爸同样是琴琴的后爸。

　　其实，琳琳平时对后妈的心理期望，也就小红包那么大。

　　琳琳爸妈离婚，是在琳琳读初一的时候。他爸原本是街道办厂的业务厂长，后来工厂转制，琳琳爸东借西挪把那个弄堂破厂给盘了下来，带着老厂留下的一些工人制作模具，赚些小钱。后来，工厂陷入产权纠纷当中，开开停停，琳琳爸整日疲于奔命；一些原本不大的债务日积月累，竟成了个不小的窟窿，生产资金周转不了，而琳琳妈又是这小厂的财务。为此，琳琳妈整日焦头烂额。没多久，厂里无法摆脱的困境成了家庭火药桶的导火索。厂、家，陷入泥潭。琳琳爸很要强，一直硬挺着，坚持要把家里唯一的房子卖了去抵厂里那些财务窟窿，琳琳妈坚决不干。两个人闹了半年，只能分道扬镳。

后来，经人介绍，琳琳爸给琳琳找了位后妈，后妈给琳琳带来个妹妹。琳琳不愿意叫妈，只叫阿姨。妹妹自然也管琳琳爸叫叔。阿姨是做小生意的，在小商品市场有个小门店，有点小钱。琳琳爸卖了属于他的一半住房后，有了些资金，厂子也有些起色。琳琳爸租了一处现成的大房子，阿姨带着琴琴过来，成了新家。琳琳和琴琴各有自己的房间，琴琴比琳琳小两岁，是个开心果，姐姐长姐姐短的挺黏人。阿姨是个细心的人，家里事无巨细，都是阿姨在操心。琳琳爸成了甩手掌柜。一家人表面和和气气，然而琳琳却一直开心不起来。

开心不起来的琳琳倒是个让人省心的女孩，中考、高考、考工作、找对象、结婚，从来没让人操过心。结婚时，琳琳爸拿出不多的一笔钱，说让琳琳贴补着用。琳琳笑纳了，其实，她对自己的爸也没啥奢望。琳琳婆家的条件也不是很好，商量好婚房由男方家付首付，房贷由他们小两口还。算算两个人收入也不高，婚房不是很大，但是房贷可能要还到他们临退休时。

结婚后，琳琳的生活平平常常，上班下班，两点一线。有时，阿姨也打个电话过来，让小两口过去吃个饭，难得的家庭聚会也一直波澜不惊。

这期间，琳琳爸生了场大病，动了手术，用了一些钱，人是挺过来了，工厂却无力操持了，正好人家也希望将老厂的产权问题做个彻底的了结，琳琳爸也就把工厂全部放弃了，开始赋闲在家，实在无聊了，就去公园找老朋友打牌喝茶聊天。过了一段时间，阿姨竟然也生了一场病，动了手术，后来一直做些辅助治疗，也花了一些钱，身体慢慢康复后，也不想再操劳了，便把自己在小商品市场里的小店面出让了。

琳琳结婚两年后，琴琴也结婚了。婚礼也很热闹，似乎为对应琳琳的婚礼，琳琳爸也给了琴琴一个小红包，郑重其事的。

琴琴出嫁后，阿姨说，想把原先租的大房子退了，找一处小一点够两个人住的房子。

琳琳爸却在谋划着他俩日后的生活。他花了三万多元，买了辆二手的大型越野车，又买了一堆装修材料，说是要自己动手打造一辆舒适豪华的越野房车，圆一下"别墅梦"。

琴琴在婚礼后的一天，突然给琳琳打了个电话。

电话里，琴琴泣不成声，琳琳突然紧张起来，问："琴琴，咋了？"

电话里，琴琴断断续续带着哭腔说："我叔——，我想——叫他一声——爸——"

琳琳顿时疑惑了，紧张地问："到底咋地了？你不要吓我呀！"

琴琴说："姐姐，我没事。我——太惊喜了——，你知道不？——叔，不，——我爸。你知道他给我的那小红包里是啥吗？"

琳琳更疑惑了，一脸迷茫，问："啥呀？"

琴琴说："房子。我们天天做梦都想买的那套房子，就在清水湾花园。以后，小孩读实验小学也不用愁了。我爸，真好！也谢谢你，谢谢姐姐的宽容、大度。"

挂了电话，琳琳突然想起自己结婚时，阿姨也曾给自己一个小红包。红包太小，小到琳琳当时没放在心上。这时，琳琳心头一惊，想了好久竟没想起这阿姨给的小红包后来究竟放在哪里。

一处处找，终于在当时准备丢而没丢掉的那一沓废红包皮里找到了。打开一看，琳琳的热泪一下子涌了出来。里面是一张小纸条，写着："琳琳：我们能力有限，这是我和你爸为你准备的住房，虽然不大，只是想让你们婚后的生活能够过得稍微轻松一些，免得整天为过日子犯愁。"

纸条上写着住房的详细地址，附门禁密码：琳琳的生日。

琳琳按纸条上的地址，找到了那所房子，一所精装修的房子。客厅的小桌子上，放着房子的产权证，上面赫然写着琳琳的大名。

琳琳顿时泣不成声，跟琴琴通上了电话。

没想到，琴琴就在隔壁，推门一瞧，两处房子竟装修得一模一样。

琳琳和琴琴，相拥而泣。

下辑

踏　船

　　二十世纪四十年代，江南水乡淀山湖一带湖匪兵匪猖獗，船家遭难受罪的不少。湖匪兵匪最害人的是踏船。啥叫踏船？说是征用船舶，其实就是抢船。船家被湖匪兵匪踏了船，往往凶多吉少，匪徒若只是把船毁了还是小事，好多船家往往有去无回，船毁人亡。

　　屈家航船是这淀山湖一带最有名望的航船班子，跑的是陈墩镇到鹿城的水路。那航船双樯、双橹，还配有纤绳，虽吃水深、货舱大，但跑得还是比一般的船快。船头还专门设了雅舱，配备上好的碧螺春茶供来去的贵客享用。据说，那船还是屈家祖上传下来的，传了五六十年，虽说是条老船，然而年年春季总要上岸整修一番，抹一遍桐油，弄得那船罕见的结实。可就这么一条挺张扬的航船，也被湖匪踏了。湖匪踏船时，屈家船老大正掌着舵，樯工阿土自恃身高马大，操着船篙与湖匪对峙，结果被湖匪砍了一刀，屈家船老大受了惊，脑子一时出了毛病，被人拖回家后整天就呆呆的一句话：那些匪人邪乎呀！

屈大南说，我就不信那个邪！屈大南是屈家船老大的儿子。

屈大南跟航船上原先的帮工狗来子、阿平、阿路他们说，你们谁敢跟我摇航船去？几个人都说敢。狗来子他们原本一直就是靠摇航船来养家糊口的，自从屈家丢了航船，便断了工钱，几家老小眼看着就要喝西北风了。

于是，屈大南吩咐众人背着炒米粉做的干粮，沿着淀山湖去找被湖匪踏去的航船。屈大南他们花了整整一个多月，几乎走遍了西淀山湖一带所有的河湾和芦苇荡，终于在一处满是芦苇的河湾里找到了已经被湖匪毁了的航船。屈大南就地请了一些匠人，买了一些木材、铁钉、麻丝和桐油，把残船从河湾里打捞出来，又足足花了三个月，重新把航船整修了一遍。这么一折腾，屈大南几乎花光了家里所有的银两。

当修葺一新的航船重新跑在陈墩镇到鹿城水路上时，镇上一些有脸面的人家都来道贺，恭贺屈大南做了新航船的新老大。那年，屈大南二十二岁。

新航船，更张扬，船帆是新的，老远看去白亮亮的，船身重新抹了桐油，乌亮亮的，那帆上还缝着一个斗大的"屈"字。

因为淀山湖有湖匪有兵匪，这些年，水路里的船很少，屈家航船跑在水路里更是显眼。镇上有几家胆大的南北货店铺老板，冒险托付屈家航船捎货进城、进货回镇。也许是奇货可居，那几家店铺的生意一下子显得特别红火。

如此半年有余，倒也太平无事。一直到了这年初冬的一个早上，正逢逆水行船，航船被狗来子他们用纤绳拉着，刚好到铁路大桥下，竟然被早就守候在此的三个操匣子枪的便衣拦住了。

便衣把匣子枪一挥，冲狗来子他们喊，小子，这船我们踏了。

狗来子他们是经历过踏船的，眼看情况不妙，一个个丢下纤绳板，跑得比兔子还快。便衣去追，可他们只一眨眼间便跑得没影了。只有屈大南在船艄上掌舵，无法逃脱，何况他心疼自己新修的航船，绝不会轻易弃船逃跑。

便衣只能自己做了纤夫，背纤拉着航船，将船拉进了离铁路大桥不远的一个河湾。树丛隐蔽处正堆放着好些木箱，像是从铁路线上卸下来的货。屈大南细细一瞧，吃了一惊，两个小鬼子揣着上了刺刀的长枪猫在树丛里。

航船靠了岸，花了大半天的工夫，那三个便衣才把所有的木箱搬上了航船，他们自然也没放过屈大南。航舱里堆了这些重货，吃水一下子深了。重新启航后，屈大南仍掌着舵，还是逆水，三个便衣仍上岸拉纤，身子像狗一样曲着。直到进了淀山湖后，屈大南才树起了樯子，扯起了白帆。

那些小鬼子和便衣到了这时似乎觉得不会有事了，只留一人看守屈大南，其余的分头蜷缩在船舱里，避那刺骨的寒风。一直到傍晚时分，航船才在那个便衣的指示下朝一处芦苇掩映着的河湾驶去。

风又劲又寒，特别刺骨。

屈大南让那个便衣代掌着舵，自己则不紧不慢地开始落帆。就在这时，船身突然一个颠簸，突然间，前舱和中舱竟然有浪涌出，吃水本来就深的船身几乎在顷刻之间往水里沉了下去，只一会儿整个船身像被巨大的吸力吸住，一下子全部沉入水中，唯有樯子冒出水面，这时的屈大南已趁机攀上了樯子，待樯子晃动稍稳些，便入水游进了一旁茂密的芦苇荡，借着夜色逃回了家，且连夜带着家人逃离了陈墩镇。

事后，出来逃荒的狗来子他们半路上遇见了屈大南。狗来子告诉屈大南，老大，这回你把事情闹大了，那小鬼子、便衣只有一个捡了半条命，那些木箱子全被游击队捞去了，小鬼子现在到处抓你呢！说时，狗来子不解地问屈大南，老大，那船怎么会自己突然一下子沉下去的呢？屈大南说，你们没留意呀，我事先在修船的时候，让工匠做好了机关，那机关只消用力一踹，前舱跟中舱的活络使船底一下子打开，河水涌入就能把船灌沉。

那次以后，淀山湖一带的航船都依样装了机关。重载的船，航行在半途中，会突然一下子沉了，弄得那些湖匪兵匪连怎么丢的性命也不知道。自此，湖匪兵匪们轻易不敢在淀山湖一带踏船了。

绝　笔

　　小虬寨是淀山湖畔的一个小村寨。村寨与四周其他村截然不同。它，石围墙、石寨门、石过道，八卦布局，家家石库门，深宅大院，面对猖獗的湖匪，易守难攻。据说，村寨最早是明末逃亡的贵族富商所建，所住村民祖上均非富即贵。这村寨，隔着淀山湖，地处大上海十里洋场之外，好多人家顶门立户的男人在大上海做生意。小虬寨只是他们的后宅，进可入沪发财养家，退可居寨休养生息。

　　李姆妈家就是这般。

　　据说，李掌柜在上海有自己的贸易公司，平日里极少回寨，却定期把养家的真金白银送来。李家姆妈则带着四个孩子住在自家大院里。前仨是女孩，后一个男孩尚在襁褓里。孩子们即使在偏僻的湖边乡村仍过着优渥的生活，受着新式教育。寨学堂的先生是苏州过来的夫妻，教国文、算术、唱歌和美术，与私塾不同。李家姆妈还定期请外埠艺人来教孩子们古琴、女红、刺绣、武艺，还把几个女孩送到村里小教堂跟洋牧师学洋文，学风琴。然而孩子们从来没去过大上海，他们只是看着照片上西装革履的父亲，想象着爹爹在十里洋场潇洒的样子。

"九一八事变"以后，上海风声鹤唳，尤其是淞沪会战后，淀山湖一带也草木皆兵。李家从上海送来的真金白银渐渐少了、不准时了。李姆妈开始节衣缩食，保姆辞了，私教不请了，大孩子开始学做农活儿，维持生计。再后来，沪上送来的钱，更是遥遥无期，李姆妈只能当掉一些值钱的首饰、细软、器皿。再后来，趁着暮色挑野菜，捡野果，煮稀饭充饥也成了李家的日常生活。再后来，一天一顿的锅也揭不开了。而家里能当的物件都当了，李姆妈试图出去找点帮佣的活儿，赚些小钱勉强度日，然而村寨外都是比她家更难熬的人家，谁会雇她这位操着上海话的阔太太呢？走投无路中，全家只能躺在床上挨饿，唯一生存下去的祈盼是上海的爹爹能把钱送来。但湖上一直不太平，杀人劫货的事常常传来。湖匪还时不时来小虬寨打家劫舍，幸亏寨墙寨门结实，又有壮年人护寨，故躺着挨饿的日子还算太平。

一日深夜，老四绝望地问姆妈："爹爹是不是不要我们啦？"李姆妈说："不会的，你们是他的命。他在上海辛苦打拼就是为你们。"老四又问："爹爹是不是死了？"李姆妈摇摇头，说："只要你们活着，他一定不会死的。"

有一天，一个男人瘸着腿从上海过来，说在外白渡桥附近遇到过李掌柜。于是，全家又支撑着，挨着饿，翘首祈盼着爹爹的归来。

一个月黑风高的深夜，一位衣衫褴褛，瘦骨嶙峋，拎着随身小物件的男人出现在寨门口，守寨人先是一愣，继而认出是多年未照面的李掌柜。李掌柜叩自家宅门时，李姆妈呆住了，不敢相信自己的眼睛，半晌，强忍泪水地哽咽道："活着回来，比啥都强。"

这是民国三十七年年底。李掌柜换上随身带的西装皮鞋后，李家大院似乎重新有了一丝生机。李姆妈把睡梦中的孩子一一唤醒，让孩子们或唱，或弹，或跳，以最隆重的仪式欢迎爹爹的归来。早饿得眼冒金星的孩子们强颜撑着，李掌柜摆手，掏出几颗早已捏烂的糖果。孩子们吮着糖果，沉浸在幸福中。

第二日，李掌柜借了条小船去陈墩镇上办事。到镇上，李掌柜先去宏盛米行，说路上实在不太平，现大洋没随身带，想先赊一些大米。宏盛老板为难了，说："这年头，谁都难呀！但看在你李掌柜以往做生意特别讲信誉的面上，我咬牙赊你。"李掌柜规规矩矩地给宏盛写了欠条。上书"赊宏盛米行碎米十斤。李鸿源诚谢。民国三十七年十二月二十七日。"从宏盛米行出来，李掌柜又挤进虚掩栅板的陈氏面粉行，也凭先前的信誉，如此这般，赊到八斤杂面粉。就这样，李掌柜几乎走遍了全镇所有有交情的店家，多多少少赊了一些米面杂粮，躲闪着回家，嘱咐李姆妈分几十处深藏这些救命宝贝。

李姆妈挖些野菜，煮些稀饭，老屋顿时氤氲着米面糊糊飘散出来的醇香，孩子们一个个像打了鸡血一般，唱呀，弹呀，跳呀，老屋里洋溢着前所未有的欢乐。李掌柜醉了。李姆妈让李掌柜趁热喝点糊糊汤，李掌柜说："晾晾，让孩子们先吃。"

这么多年来，李家老屋第一回像过大年一般。

第二日一早，早起劳作的农人，发现靠石埂码头的湖面漂着一个裸身仅穿大裤衩的男子，翻过来一看，竟是前日才回家的李掌柜。众乡邻帮忙，老屋里架起简单的灵堂。然而当李姆妈找出李掌柜衣裤时，愣住了。丈夫从上海随身带回的小皮箱里整齐地叠放着那套笔挺的西装和锃亮的皮鞋，上有一张小纸条。李姆妈攥着小纸条，哭得泪人一般，最终用条旧床单裹起李掌柜的尸体。

李掌柜自尽的消息传到镇上，宏盛米行、陈氏面粉行等一行小老板阴着脸赶来小虬寨，见哭得天昏地暗的李家老少，宏盛老板站不住了，掏出李掌柜的亲笔欠条让李姆妈细瞧。半晌，宏盛老板叹了口气，道："李掌柜，一直把信誉看得比自己的命还重。我懂他。但，我也难呀！"说罢，手颤抖着，把欠条撕了，恭恭敬敬地朝李掌柜磕了三个头，慢慢转身，唉声叹气地离开。继而，所有的小老板一一颤颤巍巍地掏出欠条，手抖着，撕了，沮丧地相继离去。

李姆妈把李掌柜放在西装上的纸条交给懵懂的老四，说："这是你爹爹的绝笔，好好收着！"

纸条上写着："我折腾一辈子，仅剩这一点点虚伪的体面，留着给老四，教他好好做人，把我丢的信誉、体面一点点捡回来，千万！千万！"

小试身手

日本兵盘踞陈墩镇后，河道里多了几条"放屁船"。老百姓从来没有见过此类会"放屁"的船，不知怎么叫，就私下里给它起了这个外号。

日本兵的放屁船和陈墩镇的木船是不一样的。

陈墩镇的木船是精致的，船外身的圆弧体现每个打船大师傅的拿手绝活。那本地的木船漂在湖上，像一片柳叶，大橹一架，有的还架支小橹，扯张帆，那船绝对像长上了翅膀。

放屁船的船身是大原木制的，很笨重。陈墩镇的打船大师傅见了，有些不屑，说日本人太笨了不会用锯，船身的木料只能用原木钉起来，钉得像棺材。放屁船不用橹，"嘭嘭嘭"一放屁，船才朝前走，快是快，却像奔丧一样。

其实，陈墩镇历来重视船只。陈墩镇的外湖是淀山湖，一边是大上海，一边是江浙，而陈墩镇与淀山湖相沟通的三叉江，又像是出入这片江湖的咽喉。日本兵的放屁船，自从过来以后，常常在这一片水域巡逻。放屁船，快，追船，一追就追上。放屁船上有机关枪，日本兵追上过路船，不跟你讲道理，"嗵嗵嗵"，上来就用机关枪一通扫射。那些精致的柳叶一样的木船，自然禁不起机关枪的扫射，船上人要是稍微迟钝一点，定被机关枪扫中。故而，江中、湖中很少有船来往，生怕惹祸。这样，给淀山湖一带的游击队、自备队，以及从大上海败退下来的官兵，带来了天大的灾祸。

一日，佟老板来找阿炳，让他在日本兵的放屁船上做些手脚。

这阿炳，人称浑水蛟龙，从小在江河湖水里出入，只要跟水牵扯上的事，阿炳无所不能。眼下，正是隆冬时节，湖面上结着薄冰，从水里靠近放屁船是绝对不可能的事。而岸上，有岗亭里值夜的日本兵，架着探照灯、机关枪。要从日本兵的眼皮底下靠近放屁船简直是天方夜谭。

佟老板一说，阿炳有些犹豫，他不是没办法靠近放屁船，而是知道这事本身是要全家掉脑袋的险事。

佟老板说："这些日本兵的放屁船天天横冲直撞，好些无辜百姓都遭了殃。"

阿炳说："那棺材一般的船身是凿不沉的，再说日本兵常在岸上值勤，凿船动静太大。"

佟老板说："部队上有一位能人，他能够对付这放屁船，有办法把它弄毁了。但那能人是旱鸭子，没办法从水里靠近船，也没法从水上逃走。"

佟老板又说："我们决定由你来完成这项任务。放心，部队上那位会教你操作步骤，事成之后，会给你一些粮食作为奖赏。"

想着家里每天饿得发慌的家人，阿炳心动了，决定铤而走险，帮佟老板一回。

部队里的能人，约好在南坟塘见面，阿炳去了。

能人是个小个子军人，穿着便装，带着一副地道的北方口音。小个子军人带了一些东西，一一教着交给阿炳。小个子军人说，他们会用防水的油纸层层叠叠裹着这些零碎的东西，然后把它们事先埋进放屁船对岸的地里。

阿炳迟疑地说："我还得有瓶烧酒，烈一些。御寒用。"

小个子军人说："没问题，我们会一起埋在地里，你需用时，自己取。"

第二日深夜，月色朦胧。阿炳独自来到指定的河边，取了事先埋好的物件和烧酒。脱了衣裤，喝了一点烧酒，把油纸裹着的物件顶在头顶上，悄悄地下了水，悄无声息地接近日本兵的放屁船。靠在船舷上，阿炳不急，再喝几口烧酒，打着寒战，轻手轻脚地爬上船舷，像一只传说中的水獭，摸到放屁船的放屁机器那里。小心地解开油纸包，按照小个子军人教的，把一些药粉灌进放屁机器的放屁孔里，又把一些软乎乎的小油纸包，塞到放屁机器四周的缝隙里。离天亮还很早，烧酒在阿炳的血管里奔涌，从小在寒冬冰水里捉鱼摸蟹练就的绝技，使阿炳从容不迫地做好每一个细小的动作，月色正好提供给他一些微弱的光亮。

所有现学现做的事摆弄完工，阿炳一仰脖子把瓶里的酒全灌进喉咙，趁着酒劲蹑手蹑脚地滑入冰冷的河中，一个猛子，消失得无影无踪。

第二日晌午，阿炳在家睡得正香，一声闷响把阿炳从睡梦中惊醒。继而，又传来一阵更猛烈的爆炸声。阿炳心想，那小个子军人真能，那么一摆弄，竟然会自己炸起来，真是有点神奇，虽然是他亲手摆弄的，亲眼看到爆炸也觉得有点不可思议。

当日，阿炳龟缩在家里不敢出门。第二日，他假装下地干活儿出了门。镇上竟然风平浪静，只见几条放屁船一反常态地泊在河边，没有再进淀山湖巡逻。听镇商会里消息灵通的人私下里说，日本兵的一条放屁船放屁的时候，突然炸了，死了个日本兵，还炸死了两个帮日本兵做事的小混混，放屁船也炸沉了。日本兵也很纳闷，这船怎么自己炸了，还有几条放屁船就泊在那里，没敢动。整整一个来月，没有动静。而这一个多月，据说湖上动静不小，有一艘日本兵的供给船被人劫了。不知谁干的。

阿炳没事人一般，该干什么还干什么。这事，隐瞒得天衣无缝，连自己的老婆也不知晓。事后得到一些杂粮，那是佟老板兑现的奖赏。

封 盐

日本兵盘踞陈墩镇后，严控淀山湖周边老百姓的食盐。镇商会林会长与日本兵勾结，凭着自己开的几家南货店、北货行，把食盐控制得死死的，规定只能凭良民证定量买盐，量极少，价格极高。镇保安队又配合日本兵设岗巡逻，逮私带食盐的，逮住一个枪毙一个，奖五个大洋。日本巡逻艇又把周边所有小船全拖到一起用火烧了，防止食盐的流出。于是乎，以盐为命的陈墩镇一带的老百姓，全都患上了浮肿病。

一日，阿炳被商会的阿八悄悄叫去，说让他去淀山湖独屿墩芦苇塘里捎个口信，成了赏一把食盐。

阿炳说："商会让捎话，我不捎！"

阿八说："你傻呀，哪有商会让人捎话的？"

于是，冲着一把食盐的奖赏，阿炳答应了。眼下，阿炳的老婆正怀着身孕，两脚浮肿，叫乡下土郎中瞧了，土郎中说："是缺盐害的，喝点盐汤就好了。"可此时此地，即使有三头六臂，阿炳也找不到一粒盐。于是，阿炳决计铤而走险，为了老婆、为了未出生的孩儿。只是听说镇上有人带盐闯哨卡被日本兵当场打死了，有些害怕。

月黑风急之夜，阿炳来到阿八约定的南坟塘，阿八让阿炳捎的话是"林老板八月初三办事。"阿炳复述三遍，准确无误。

捎的话，究竟何意，阿炳不知。

临走时，阿八脱下自己身上的一件夹袄，关切地说，湖上风急浪大，你穿上件夹袄，能御御寒。阿炳脱了外褂，穿了夹袄，复又穿上外褂。夹袄沉沉的，倒也热乎。

第二日一早，阿炳只身挑着两桶大粪，拎着锄头，拿着良民证过日本兵的岗哨，去湖边地里浇粪、干活儿。

哨卡处，没人拦阿炳。阿炳晃晃悠悠过了哨卡，倒了大粪，洗清了粪桶，就一路小跑来到湖边。

无人处，阿炳就用俩木粪桶当船，竹扁担当桨，划着进了淀山湖，这是阿炳的绝技。

阿炳一直划到离岸很远的湖中独屿墩芦苇塘边。正靠近，芦苇丛里有人拉枪栓，小声问："干啥的？"

阿炳早就在私下里听说，湖中芦苇塘里聚集着上海撤下来的抗日官兵和游击队员。

阿炳坦然答道："捎话的。"

"过来！"对方说。

阿炳一靠岸便被人蒙住了眼，又被两个人架着，踩着咯吱作响的芦苇秆一路深入芦苇丛中。一直到芦苇丛中一片较为开阔的平地，见到当官的。

当官的说："兄弟辛苦了！"便示意部下帮阿炳脱了外褂和夹袄。一个士兵捧着沉甸甸的夹袄去了。

捎了话，阿炳复又回到湖边，正踩着木粪桶往回赶，却远远地看见巡逻的日本兵的小汽艇，阿炳身手敏捷，迅速钻进大湖边的芦苇丛里。

回到自家地边，阿炳挑着空粪桶、拎着锄头笃悠悠走过哨卡回到家里，风平浪静。

第二日，商会的阿八遇见阿炳，悄悄地塞给他一块白色的土布，轻声跟他说："你捎话有功，这是赏你的。好好藏着。"

阿炳一脸茫然。

阿八说："你傻啊！"，挤眉弄眼地做了个舔的动作。

阿炳舔了下土布，竟然是咸咸的，二话没说，揣着土布，一溜烟回了家。

一回家，阿炳拉老婆进门，闩上大门，掏出土布让老婆舔。老婆一舔惊喜万分。

阿炳悄悄地跟老婆吩咐说，你好生藏着，没力气了就舔舔，千万不要被外人撞见。老婆喜滋滋地点点头。

过了一段时间，阿八又约阿炳来南坟塘。

阿八问："再捎句话，干不干？"

阿炳毫不犹豫，急忙说："干！"

于是，跟上回一样，阿炳给湖中芦苇丛里的人又捎了句话，又带了件沉甸甸的夹袄过去，可这回没上回幸运，阿炳老远瞧见日本兵好几条巡逻艇，躲也没处躲，干脆丢了粪桶，凭着一般人没有的好水性悄悄溜走了。

一个月后，阿炳老婆临产，生了个儿子，夫妻俩欢天喜地。

阿八又来找阿炳，阿炳想想嗷嗷待哺的儿子，应允了，又冒了一次险。

几日后，镇上出大事了，镇商会林会长藏盐的窝点被游击队连锅端了。日本兵恼羞成怒，抓了好些人，一时风声鹤唳。阿炳也整天觉得脖子后面凉飕飕的，然而还是躲过了一劫。

又过几天，有人捎话，让阿炳去南坟塘老地方挖东西，说是阿八给的奖赏。

阿炳挖出了一罐盐，惊喜无比，然而一时无处藏盐，情急之下只能把盐化成盐水，灌在窄口小罐里，用泥封了口，插一根小吸管。接着再把小罐砌在猪圈的泥墙里，要用时，打开小吸管上的结，吮一下，接一些。有盐的日子，有了盼头。

日本兵封盐更严了，林会长更疯狂了，然而封盐已纯属徒劳，只是苦了陈墩镇的老百姓。

此后，阿炳再也没见过阿八，私下里听人说，阿八是游击队里的小队长，打游击非常机敏。

（刊于《小说月刊》2020 年 12 期）

斗奸计

陈墩镇商会的林会长，仗着自己跟日本官兵的关系，对镇上一些殷实人家明里收保护费欺压，暗地里使阴招逼人就范。全镇上下，富人穷人，一个个对林会长咬牙切齿，但敢怒不敢言。

司马老板开个杂货店，货是航船从鹿城捎来的，然而司马老板的货，或与林会长的南货行相同，或与林会长的北货店相撞，林会长心里恼火但面儿上没有表露。只因司马老板是个刚烈的北方汉子，又会几套拳脚功夫，天不怕地不怕，他对林会长派去收保护费的小混混说："凭啥我要给你们的林会长交保护费?!"本来，有林会长把控，陈墩镇上非常冷清，好些店铺合计着关门歇业，正在苦苦煎熬中。司马老板这么一较劲，众小老板们，能拖则拖，不能拖则哭穷要赖。于是乎，林会长的保护费收得不够顺畅。

林会长是个狠人，收保护费不顺，就暗地里使阴招，他传话给水上的湖匪，让他们来镇上摘桃子。谁家有刺，他就请湖匪过来拔刺。拔刺，最好的法子是半夜在人家宅子里放一把火，再蒙着面趁火打劫。镇上有人接应，湖匪到镇上拔刺，自然是一拔一个准。再加上林会长是个爽快人，谁来拔刺，林会长不但不从中抽利，反而还助人家一臂之力。好几拨湖匪都说林会长是个好人，愿跟林会长联手。这样一来，林会长在江湖上的地位也高了，连日本官兵对林会长也有所顾忌，刮目相看。就这样，林会长还觉得办事不够爽利，常常用密令让手下的亲信直接插手惹事，干脆冒充湖匪直接行事，劫到的财物任由手下人支配。手下人也个个称赞林会长仗义，干些鸡鸣狗盗的事，也没了顾忌。

就在司马老板跟林会长较劲的第三天深夜，司马老板的杂货店跟自己居住的旧宅同时起火，有湖匪射入带留言条的箭，威胁司马老板。司马老板只能打理一下破败的残局，含泪带着一家老少在兵荒马乱之际，千里迢迢赶回老家，不料惨死在途中。

林会长自然有了反面教材，让手下人去收保护费时，讲一下司马老板的例子，说不要商会保护的人，结局都很惨。

于是乎，镇上人个个对林会长、对商会更加痛恨。

一日，佟老板找阿炳，请阿炳去林会长深宅里弄些事。

阿炳说："林会长的深宅，以前送米、送菜、送鱼常去，现今他们防人放得严，外人一个也进不了。"

佟老板说："正因他林宅防人防得严，宅中内眷蜷在宅子里也闷得慌。林家老夫人喜欢听堂会，而林会长又是出了名的大孝子。时常请一些出名的堂会班子来宅内唱堂会。最近一次，明日晚，请的是鹿城的苏玉堂。如果你愿意，就作为堂班在镇上雇佣的挑夫，把堂会的行当挑进林宅。在他们唱堂会的时候，你再悄悄溜进柴火房，做一番手脚。"

佟老板设想得十分周密，阿炳答应了。佟老板自然也应允，事成后，少不了给阿炳一些奖赏。

阿炳答应了。

第二日，阿炳挑着行当随堂班进林宅，有帮林会长做事的小弟拦着阿炳搜身，搜时讥笑阿炳，说："阿炳，你不是挺能的一个爷们，怎么混到这份了？！"

阿炳一副无奈的哭腔，说："兵荒马乱的，不是为混口饭吃，谁会来干这不赚钱的苦差事。"

阿炳进了林宅，按照预先商量好的，有人私下里交给他一支做过手脚的竹笛、几根吸水烟用的纸媒、一小包洋火柴。阿炳凭着对后宅的熟悉，在堂会唱得差不多时，偷偷地溜进柴房。阿炳把几根纸媒严丝合缝地接在一起，小心地贯通在竹笛里，然后从容地把纸媒点燃了，再把内有点燃纸媒的竹笛插入柴火中。为了让效果更出色，阿炳把剩下的洋火柴全塞在竹笛的另一端。把所有该做的活儿都做了，阿炳提着裤子慢悠悠地回到原先待的廊房里。等堂会唱完，阿炳又挑着行当一起出了林宅。

一切风平浪静。

到了半夜，阿炳正睡得香，镇上忽然有嘈杂的声音。有人喊："着火啦！着火啦！"

这年头，陈墩镇上半夜着火是常事，不烧到自家的房子大家一般不会出门去瞧热闹。后来窗外有人说是林会长的宅子着火了，一副幸灾乐祸的腔调。

阿炳翻了个身又睡了，睡得更香了。

过了几日，佟老板派人给阿炳家送了些杂粮。阿炳老婆不解地问："人家怎么平白无故给你送粮食？"

阿炳平静地说："人家孩子落水了，是我救起来的。人家自然要谢我的。"

在水里身怀绝技的阿炳，救人是常事。被救的人家，即使家里再穷，也要送些酬谢，这也是常事。

林宅着火，神不知鬼不觉，就这么过去了。

自从自家宅子半夜着火，林会长开始有所收敛，他清楚镇上有高人。还不是一般的高人。

（刊于《北极光》2021 年第 10 期）

锄　奸

半夜，月高星稀。

阿炳前脚踏进家门，阿瓦便后脚紧跟着，推开虚掩的门。

阿瓦一脸杀气，腰里藏着短家伙，鼓鼓的。

阿炳蔫蔫的，不敢看阿瓦一眼，讷讷地说，我可以跟你走。

阿炳老婆嘀咕起来，你才进家门，水也没喝一口，屁股都没沾凳子，又要走了？

阿炳朝老婆瞪了一眼，说，没你的事，别瞎说。转身，阿炳问，你要不先吃点啥再走？

阿瓦默许中有点言不由衷，说，快点，别磨蹭，佟老板在外面等着呢！

阿炳老婆端出留的饭菜，两个人就着热水稀里哗啦往嘴里胡乱拨了一通。临走时，阿瓦随手抓了几个熟山芋。

出门，两个人一前一后猫着腰径直来到河边。上船，阿炳看见船上端坐着位教书先生一般陌生的中年男子，心里一惊，想着应当是阿瓦口中的佟老板。

阿瓦取出随手拿的山芋，轻声说，老板，你先吃点，饿了。

佟老板伸手示意一下，阿瓦放下山芋，撑开船，摇起船橹。随着欸乃的橹声，小船渐渐离村远去。

一个时辰后，船靠在陈墩镇一个河湾的水墙门边。佟老板领着两个人悄无声息地穿行在老镇特有的窄弄里，最后逐一闪进一个带有霉味的老屋里。

老屋很暗，只有天窗里透进些许昏暗的微光。

佟老板抽着烟，烟火的微光中，依稀可见佟老板生硬的脸。佟老板终于发话了，诘问阿炳，知道为啥把你叫出来吗？

阿炳沮丧着，说，锄奸行动败了，去的人遭到伏击，死了。我活着，逃回来了。

阿瓦在一边轻声捣鼓，说，日本人放你回来的吧？！做奸细了吧？！

阿炳更加沮丧、心虚，说，没有。他不敢说，头一回，拿着真家伙，遇上了真的日本人，他吓得尿裤子，临阵退缩了。

佟老板吩咐，后半夜，有人来接应我们。阿炳，你要证明你的清白，就老老实实紧紧地跟着我，不管有啥事。

阿炳"嗯"了一声，心事重重。

又过了一个时辰，老屋外有了动静。

阿瓦马上警觉起来，跟佟老板耳语，说，接应我们的人来了。

佟老板"嘘"了一下，示意两个人不要出声。佟老板很镇定，轻声说，情况有变，来的不是自己人，肯定又有人告密了。说着，拉过阿瓦，耳语说，你想法子溜出去，把我的这封亲笔信塞到镇南中药店后门门把手的暗缝里。记住，这是我们最绝密的联络点，从来没有启用过。你一定得严守秘密。信塞严实了，任务完成后，不要回来，直接赶到虮村的老庙里，在那里等我们，有人接应。

阿瓦接信，拍着胸，轻声说，老板，放心，我用性命担保，一定完成组织给的任务。说着，像猫一般溜进黑暗中。

阿炳依稀知道那镇南中药店是镇商会林会长的产业，林会长可是谁都知道的投靠日本人的大汉奸。阿炳蒙了，四周发生的事，想不通。

阿瓦走后，佟老板又拉过阿炳。阿炳只感到自己的手在瑟瑟发抖。

佟老板也跟阿炳耳语，说，你也想法子溜出去，把我的这封亲笔信塞到镇北南货店窗台上的瓦罐里。塞了，人也不要回来，也到虮村的老庙等我们。

阿炳嘴唇抖得厉害，佟老板问，你怎么啦？

阿炳喃喃着，说，我不是奸细。真的不是！

佟老板说，去送吧，这封信送到了，就能证明你的清白。

阿炳壮大了胆，顺着进来的窄弄摸到河边，小船竟然还在。上了船，他趴在船舱边沿，用手小心地移着船。靠近南货店水码头，阿炳上岸，瞧准四周没人，快速地把信塞进了佟老板指定的瓦罐，这才松了一口气，溜回小船，趁着夜色，移船出了镇。

阿炳离镇没多时，镇上便响起了枪声，好像是刚才他们待的老屋那一带。阿炳又心慌起来，他真的不希望佟老板有个三长两短，否则他阿炳即使是有一千张嘴也证明不了自己的清白。人家只要问一声，为啥你阿炳一到场就出事就死人，而你却活得好好的，你不是奸细，谁相信呢？

阿炳失魂落魄地赶到虬村老庙，阿瓦后脚也赶到了。不一会，接应的人过来，驾着小帆船，把他俩带进阳澄湖。转悠了好久，又把他俩带到一个完全陌生的小村子。阿炳被关进一间黑乎乎的茅草屋，外面有看守。其实，这一路上，阿炳完全可以逃脱的，他水性很好，他完全可以像上次遭遇伏击时入水后消失得无影无踪，但他没有，他想，这一逃他就更是奸细了，如果有一天被人抓住时，他将像真正的汉奸一样被枪毙。

第二天，看守告诉他一好一坏两个消息。好消息是陈墩镇商会林会长，被日本人给抓起来，枪毙了，家也被抄了。坏消息是佟老板昨夜没能脱身，与敌人枪战时，丢了性命。

阿炳不知道看守是不是在有意试探他。听了这两个消息，阿炳人瘫了，心想这次定会被当成真正的汉奸给枪毙了。

没想到，傍晚时，江政委过来看他，告诉他，这回，他立了大功，一下子锄了两个汉奸，一明一暗，明的是人人痛恨的大汉奸林会长；暗的是八面玲珑人人称赞的内奸阿瓦。阿瓦的几次告密，破坏了游击队最近的偷袭行动，牺牲了十几名游击队员。众人没想到的是聪明的佟老板利用内奸阿瓦急于讨好新主子的软肋，使了一招离间计，一箭双雕。

枪决阿瓦，阿炳没去看。

江政委私下给阿炳布置了一项绝密的任务，就是让阿炳装作被游击队怀疑、追杀的样子，回家等候新的锄奸任务。

之后，好几个投靠敌人为非作歹的汉奸，一一被游击队秘密铲除，老百姓暗中拍手称快。其实，这些任务，阿炳都秘密参加了。只是，之后的几十年间，阿炳一直不清不白的。一直到八十岁时，阿炳找到了当年的江政委，自己的清白，才被证明。

（刊于《金麻雀网刊》第 1331 期）

起　赃

　　阿炳又一次沮丧地回到家里，像野猫一样东躲西藏，即使到田里耕作，出入时，也是尽量避开大道，从后院槿树篱笆中悄悄地溜进溜出，避人眼目。

　　自镇商会林会长被游击队的佟老板使了离间之计，进而被驻在镇上的日本鬼子抄家斩首后，林会长多年来巧取豪夺的巨额赃物，顿时成了个扑朔迷离的谜，也成了各方势力瞩目的焦点。

　　陈墩镇是个非常富庶的江南古镇，独特的地理优势成了沪上和苏城富贵人家隐居的好去处。镇上好多大户人家，进时在沪上或苏城有实业，退时在镇上有深宅。这样，即使兵荒马乱之际，他们一直靠在大城市里的实业挣钱，靠古镇上的深宅保全身家性命。只是后来那几年，镇商会的林会长公开投靠日本人，成了镇上最大的汉奸，仗着有靠山、有势力又有实业，明的，欺行霸市、囤积居奇，逼得普通人家走投无路；暗的，敲诈勒索、杀人越货，弄得大户人家倾家荡产。知情人知道，诡计多端的林会长纵然有万贯家财，却深藏不露，平日里早已把这些浮财分藏在附近几处绝密的地方。即使日本人抄家，也抄不到多少真金白银。

镇上人听说，两帮湖匪为争夺林会长的财物，竟然真刀真枪地干了起来，死了好几个人。

当然，游击队也在秘密寻找林会长藏在各处的赃物。

一日，东躲西藏的阿炳在月色中劳作时，突然被一艘木帆船带走，神不知鬼不觉。

船上的人，阿炳都不认识。

掌舵的老大跟阿炳说，你啥都别问，江老板让你去沪上跑一趟，你是挑夫，让你干啥你就干啥，不要多问一句话。阿炳没问什么，他清楚，来人讲的江老板就是安排他潜伏的游击队江政委。船舱里有个女的，三十多岁，白白胖胖的，像个城里人，挺着大肚子，偶然说几句苏州话。他也没见过。

翌日一早，船到沪上。一人看船，老大、大肚子女人带着阿炳上岸。老大、大肚子女人叫的是黄包车。阿炳挑着担子，紧紧跟随。担子挺沉，压得阿炳肩膀有点刺痛。

老大跟黄包车夫说到司各特路，名字怪怪的，阿炳倒也记住了。老大让黄包车在小路上跑，绕来绕去，阿炳先是头晕了，若是让他自己走，没几步他便晕头转向。

到了司各特路，他们在一个小弄石库门的老宅里住了下来。

住了几日，大肚子女人又叫了黄包车带着阿炳出门，绕来绕去，到了一处老式小别墅，里面有人接应。让阿炳大吃一惊的是大肚子女人竟然是在上衣里塞了个枕头，而他辛辛苦苦挑的竟然是一些包着纸的破砖。

女人卸了枕头，换了另一个包裹，仍伪装成大肚子。而阿炳的担子，也换了物件，仍然沉沉的。

"大肚子"女人又叫了辆黄包车，又绕来绕去在小路上转悠，阿炳仍挑着沉沉的担子紧紧地跟着，不敢落下一步。

如此一月有余，两个人一直在两处老宅转悠。像蚂蚁搬家一样，两个人搬空了小别墅里所有的细软物件，奇怪的是司各特路那处老宅里搬过去的物品并没有多起来，竟然神秘地消失了。

一个月后，阿炳随着老大重新回到船上时，大肚子女人没有同来。三个男人驶着木帆船，不紧不慢地朝陈墩镇赶回去。

然而回时没有来时顺利，船才入淀山湖，便被一只湖匪船盯上了，几个满脸横肉的湖匪上船就翻查，结果船舱里除了半舱有点发馊的酒糟外，啥都没有找到。

湖匪不甘心，恼羞成怒的湖匪逼打三人。

阿炳留了个心眼，待湖匪一个小疏忽，便翻身跳入湖里。阿炳水性特别好，一个猛子扎了很远，等他小心地冒出水面时，船已经离他很远很远。

阿炳藏在水里瑟瑟发抖，小心地浮在水面，钻进湖中浅墩上的芦苇丛中，藏了几天，这才偷偷地溜回了家。

过了几天，一日深夜，有人敲门，阿炳让老婆开门，竟然是受了伤的老大。老大说，看船人淹死了。老大在阿炳家养了一段时间的伤，见外面风声小了，才悄悄地离去。

后来，阿炳老婆去镇上听人说，有几个游击队员去上海起林会长的赃物，回陈墩镇时，奸细告密，被日本鬼子连人带船扣了，人被枪毙了，只是赃物如何了没人知道。

又过了一段时间，有人过来给阿炳传话，来人带了几斤碎米，很婉转地跟阿炳说，阿炳，这回你帮老板做事，事成了，老板奖赏你。老板让你该干吗就干吗，外面的事已经跟你没有关系了。

阿炳这才不用像野猫一样东躲西藏了，到田里耕作出入时，也敢出入大道了，不用再从后院槿树篱笆中悄悄地溜进溜出，避人眼目了。

（刊于《小说月刊》2020 年第 9 期）

赴　任

　　1949 年 5 月 13 日，县城解放，姜排长奉命赴陈墩镇任人民政府第一任镇长。一收到命令，姜排长便带着全副武装的警卫员小李，由渡江支前模范老江父子驾船，向着紧靠淀山湖的陈墩镇进发。

　　暮春的水乡江南，气候多变，出发时，县城还是晴天，出了城，经过几个大湖，天气就不一样了，一片片大雾，笼罩着湖河田野，很难看清哪是岸，哪是河汊港湾。没有风，风帆使不上劲儿，摇橹行进，半天也没行多少水路。船到了靠近陈墩镇的一个大湖里，竟然迷失了方向，绕了一大圈又回到了原先进湖的河汊。老江记得镇头有棵高大的银杏树，然而在大雾中，哪里能找到银杏树？只能估计大概的方向，朝东南方向继续行船。

　　突然，雾中有人喊：谁？举起手来。随着喊声，不远处传来哗啦啦拉枪栓的声音。姜排长从对方船上拉枪栓的声音判断，对方少说有七八条枪。几乎同时，小李的冲锋枪子弹也上了膛。

两条船渐渐靠近，姜排长果真发现对方船上七条长枪一支短枪，然而没有一个人穿军装，显然不是啥正规部队。

姜排长一手握着盒子枪，神色威严地说："我是陈墩镇人民政府镇长，你们是什么人？"

船首一人，端着长枪，冲着姜排长，说："我们是上海茅镇保安队的，你说你是陈墩镇镇长，那跑到我们上海来干吗？我们上海有大炮、坦克，够你们折腾的。"

姜排长大义凛然，把盒子枪插入枪盒，摆出一副不屑的姿态说："我们中国人民解放军，百万雄师已经过了大江，大军压城。你们到底想跟谁斗？我劝你事先给自己留条活路。看年龄，你们都是拖家带口的，为挣些口粮给人卖命。不像我们，一个人大大小小的战场都挺过来了。"说着，姜排长拉开前胸，挺着左肩，让来船上的人看自己蜈蚣一般的伤疤，说："这是我冲锋中跟日本兵肉搏时留下的英雄疤。如果你们还想见识，我脱了衣服，让你们再看看！"

警卫员小李这时突然拉开自己的外套，说："不说，你们可能不知道。我身上都是英雄雷，炸你们一个够本，炸你们八个，净赚七个。值！我就是冲你们这些残兵败将来的。"

这时，对面船舱里一个端盒子枪的家伙吼道："不要听他们瞎说，压上去！"

于是，有人过来卸枪，有人过来拴船。但有人想靠近警卫员小李时，一下子怂了——只见警卫员一手紧紧捏着胸前的光荣雷。拴住了船，两条船歪歪扭扭朝他们指定的方向驶过去。

雾中，依稀可见湖岸，看见了河汊，船靠在了一处芦苇滩涂。端盒子枪的家伙骂骂咧咧让手下人押着这边四人下船步行。

姜排长走在中间，他朝四周一瞧，发现长枪少了两支。显然，上岸时，对方有两个人溜了。

雾气时浓时淡，路过一个小村庄，一转眼，姜排长又发现对方少了两支长枪。四人对四人，对方显然有点心虚了。那端盒子枪的家伙骂得更凶，显然是在为自己壮胆。

靠近集镇时，雾气仍缭绕着。雾中有好几个干活儿的农民迎面走来，冷不丁，四个人中突然有人朝天放了一枪，迎面过来的农民惊慌中四散而去，不料想那三个端长枪的家伙溜得比兔子还快。

端盒子枪的家伙稍缓过神来，警卫员已经身手敏捷地缴了那家伙的枪。那家伙一下子双膝跪地，不停地求饶。

老江随手搓了一段草绳，把端盒子枪的家伙反手结结实实地捆了，警卫员小李用枪押着。

姜排长厉声警告他："你想清楚了，不要继续与人民为敌。老老实实为我们带路，这是你们最后的弃暗投明、立功赎罪的机会。"

那端盒子枪的家伙不停地说着"是的、是的"，乖乖地在前面带路。又找到了刚才的两只船。老江父子俩借微风，使起船帆，两船一前一后拖着，朝陈墩镇的方向赶去。

半夜时分，姜排长四个人押着端盒子枪的家伙靠上镇南长堰，当地不少干部和群众已在此翘首期盼多时。

大伙一见新镇长一行押着的那个家伙，都说认识。

原来，那家伙原本是陈墩镇的小混混，常常欺压百姓。后来，多次犯事，在镇上实在混不下去了，又去投奔茅镇当了个保安队小队长。没想到，姜排长上任第一天他竟自己送上门来，真是大快人心。这也为陈墩镇人民政府新上任的姜镇长赢得了不小的声誉。

（刊于《昆山日报》2021 年 5 月 13 日副刊）

高小生

　　1947 年初春，虬村小学的朱文先生家访回村等摆渡船时，见岸边一个放牛少年正在专注地看一章回残本。朱文有些好奇，迎上去取过残本一看，竟是《应龙图审冤魂怨鬼》的章节，前后都残缺了。

　　朱文知道那是《三侠五义》。

　　朱文问："你念过书？"

　　少年摇摇头，说："没。"

　　朱文不解，越发好奇："你自己学的？"

　　少年又摇摇头："我爷爷教的，他原先是村里的私塾先生。"

　　"你是汪松年老先生的孙子？"朱文猜想。来虬村小学教书前，他曾听人提过汪松年老先生，他现在寝室的泥墙上还有汪老先生的墨迹呢。

　　"你家的牛？"朱先生继续探问。

　　少年目光躲躲闪闪的，轻声喃喃道："别人家的。"

半晌，朱先生突然问："你愿来学堂里念书不？"朱先生补充说，"我是虬村小学的先生。"

少年没接话，木然地牵着牛走远了。

后来，朱先生打听到，少年小名叫阿卿，大名叫汪麸卿。简单的认字、算术都会。只是爷爷去世早，爹娘进淀山湖捞河蚌时，船被日本人的钢炮给轰沉了，他现在随叔叔生活，帮人家看看牛，贴补家用。

朱文先生没有得到回音，不甘心。第二日，打听到了阿卿叔叔家的住处后，又上门跟阿卿叔叔谈。

朱先生说："村里识文断字的少年，只有阿卿。让他念下去，定前途无量。"

阿卿叔叔说："他爷爷是前清秀才，肚里墨水是方圆百里最多的。最终还不是衣不裹身、食不果腹，一辈子贫困潦倒、徒有虚名。"

朱先生说："现如今，时代在变，国家复兴需要阿卿这样识文断字的少年。我琢磨好了，我们学堂有几亩校田，本来也是要雇人种的。我想，阿卿人长得不小，让他一边念书一边种学堂里的田。他原先帮人家看牛的工钱，也由我们学堂里贴补。"

阿卿叔叔思量片刻，点头应允。

阿卿入学后，朱文先生好似多了一名帮手。小学堂里原有七八名初小生、三四名高小生。朱先生一个人教国文、算术、画画，忙不过来，就让阿卿照葫芦画瓢似的教初小学生。阿卿聪颖，识字不少，算术也不错，教初小绰绰有余。课余，阿卿便侍弄田地，割了草再养些鸡鸭羊，把个小学堂打理得生机勃勃。

小学堂虽偏僻，然而常有陌生人私底下来来往往。大多是淀山湖里从上海那边过来，再到江浙去的。阿卿从不多嘴，朱先生让咋做他就咋做，默默地。

有一回，小学堂里突然多了一个女人和两个小孩。女人很端庄。小孩有点邋遢，六七岁，一男一女。俩小孩的小手，整天攥着，怯怯的。朱先生把她们藏在小操场边的柴草棚里。没人时，假装喂羊，给她们送吃的。

几天后的一个深夜，朱先生借了条小木船，让阿卿摇船，把她们送出去。临上船时，阿卿不知从哪儿拿来一套陈旧的衣衫，对朱先生说："我想，大人换上这衣衫，和她们才有点像一家人。"

朱先生允了，没再说什么，示意大家赶快上船。送到三港口时，那边正好有船顺利把三个人接走。

后来，学堂里又来了一个受枪伤的男子。来时，整天晕晕乎乎。阿卿小心地送吃的，为男子洗伤口换药。十来天过去，男子竟然挺了过来。

为掩人耳目，朱先生开始让阿卿独自送人。临分手时，男子紧紧地握住阿卿的手，激动地说："小同志，我们后会有期。"

回学堂后，阿卿头一回跟朱先生说："那同志叫我小同志了！"

朱先生说："这是秘密。"

阿卿发誓："打死我也不说。"

第二年初秋，阿卿成了真正的同志。

一日，朱先生去跟阿卿的叔叔说："阿卿高小可以毕业了，想介绍他去苏北我开盐业公司的朋友那里做学徒，以后也有个好前程。"

阿卿叔叔允了。

转眼到了 1949 年 5 月 13 日，县城解放的消息传到陈墩镇，县里派一位部队上的排长来镇上任人民政府镇长。排长带着警卫员。眼尖的人，总觉得镇长贴身的小警卫员有点眼熟。

一问，小警卫员说："我小名阿卿，大名汪麸卿。本镇虬村小学堂高小毕业生。"

刚刚打过照面的朱先生笑了。

阿卿也笑了，叫了一声"朱先生"，又有点不好意思地跟镇长说："我是朱先生的学生加小同志。"

集　结

县城解放，虬村小学的朱文先生，接到了地下区委的秘密指令，到陈墩镇文庙集结。朱先生心里明白，这也许是区委的最后一道秘密指令，集结后，他的身份将公开。这是朱先生一直期盼的日子，现在它终于到来了。

凌晨，朱先生穿着干净的长衫，步履轻快地来到村头阿大的航船上。近五十的阿大正在收拾船舱的杂物，伙计正在船尾生火煮水。行灶里冒出的青烟在船尾袅袅升起，弥漫在晨雾中。

朱先生与阿大亲切地打过招呼，在中舱找了一个空隙的位置坐下，与往常一般默默地等候着航船启航。其实，今日的朱先生非常想把县城解放的消息告诉给阿大。

阿大对于朱先生是有恩的，他曾经救过朱先生。前几年，朱先生受地下区委的秘密指示，在虬村的年轻人中发展地下党员。虬村远离城镇，民风淳朴，朱先生以教书先生的身份作掩护，接触年轻人。村里年轻人一般读书都挺晚，十八九岁读高小是常有的事。朱先生就在这些十八九岁的高小学生中培养发展对象，几年中有三名年轻人经组织考察成为正式党员，受上级密令，朱先生将他们秘密送往外地从事地下工作。可就在朱先生护送他们走出陈墩镇时，被两名特务暗中盯上。朱先生为了三名学生能够顺利走出陈墩镇，挺身与特务周旋。就在朱先生被特务逼得走投无路的紧要关头，阿大暗中救了朱先生一命——把他藏在航船的夹舱里，躲过特务的跟踪。之后，朱先生顺利回到虬村，蛰伏起来。过了几个月，朱先生接到区委秘密通知，得知跟踪他的特务已被清除，他这才重新恢复了地下工作。为此，朱先生心里一直感激阿大，只是身份特殊，他不能有任何表达。

这时，天色渐亮，搭航船出虬村的村民，陆续上了航船。这中间有篾匠阿茅、打鸟人阿秦。他们都是吃跑路饭的，航船上进进出出是常有的事。他们与朱先生打过招呼，也找了各自的位置坐下。朱先生同样非常想把县城已经解放的消息告诉给阿茅、阿秦。

阿茅和阿秦，这些年都多多少少帮过朱先生。朱先生毕竟是外乡人，初来虬村时，人生地不熟，朱先生操着一口外地口音，本地村民有点忌他，不知他的来头和处世的深浅，对他敬而远之。起初，没有村民愿把自己的孩子送到小学校跟他学功课，阿茅和阿秦他们率先把自己的孩子送进学校。有一段时间，外面风声很紧，区委秘密指示朱先生就地隐蔽，因为当时朱先生还掩护着两位苏北来的地下干部。那段时间，阿茅和阿秦给朱先生主动传递外界的消息，当朱先生的耳目，帮朱先生度过了一段最危急的日子。

到了陈墩镇，已是午时，朱先生径直去了文庙。

文庙在镇南莲花塘旁，两边都得从水中的石堰基上走入，很少有闲杂人员。朱先生进文庙时，庙门大敞着，门前有位师傅正在清扫台阶。不一会儿，航船阿大挑着一担干柴走进庙门，走向伙房。又过了一会儿，阿茅给庙里送竹箩筐也走进文庙。最后走进文庙的是打鸟人阿秦。按理说，阿秦是最没理由进文庙的，然而好多人都知道，阿秦是每逢到陈墩镇必定要到文庙烧香的。每回，他把自己的老铳放在庙门口的厢房里，只身进庙，烧了香，才去其他地方办事。

阿大、阿茅、阿秦进了文庙，都在不紧不慢地做着自己的事。朱先生安静地坐在无人的地方等着，等着期盼中那最激动人心时刻尽快到来。

一直等到半夜时分，他终于等到了他所期盼的人：到陈墩镇任人民政府第一任镇长的姜排长。他带着警卫员和两名船工，出现在文庙。原来，到陈墩镇赴任的姜排长他们水路不熟，又在迷雾中失了方向，误进了还没有解放的上海茅镇，被那边的保安队劫持。然而在回茅镇的途中，保安队的那帮乌合之众被姜排长他们震慑住了，一个个半途开溜，结果他们的小队长反而成了姜排长的俘虏，四个人押着这个作孽的小队长，把船靠上镇南长堰，与早已在此集结的当地地下干部会合。

文庙大殿的墙上第一次挂起了令人心动的鲜艳旗帜。

让朱先生惊讶不已的是阿大、阿茅、阿秦竟然都是他的同志，还有庙门口那位清扫台阶的师傅。社会身份都只是他们巧妙的掩护。而更让朱先生惊讶的是航船的阿大，竟然是一直给他发密码指令的区委书记。新镇长姜排长的警卫员，竟是他亲自送出去的阿卿。

朱先生与区委书记紧紧相拥，原本一直萦绕在心里的感恩的话，也不必再说。

舍 得

2021年3月的一天，我负责接待一位陈墩镇出生、在外漂泊了大半辈子的返乡离休老干部。

那天，老人家正好百岁生日，身板硬朗。

简单的寿宴上，老人家饮了一小杯家乡的黄酒，跟我们兴致勃勃地说起了一则带些传奇意味的小故事。

早年，陈墩镇上有个小男孩，姓全，小名小得，是个绝顶顽皮的男孩。三代单传至他，全家都宠着他，老祖宗更是把他放在手心上疼爱。

小得十三岁那年，老祖宗的洋传教士朋友送来了一支洋鸟枪，据说射程是方圆百里所有的鸟枪中射程最长的。

小得问老祖宗，我这洋枪可朝哪儿射呀？老祖宗笑呵呵地说，这陈墩镇东边的田地都是全家的，尽管射。小得又问，射到人怎么办？老祖宗笑得几乎背过气去，说鸟枪是射鸟的，又不是射人的。

有了鸟枪，小得常常扛着它在自家的田塍上游荡，白色的西装、白色的西裤、白色的皮鞋，他整个人是那么晃眼。

那片田地太辽阔了，从陈墩镇出发，其间的河河汊汊、港港湾湾一直延伸到淀山湖边。

小得射鸟，有天赋，百步穿杨、百发百中，对他来说，这都不是难事，他常常射被有意惊飞的水鸟，子弹与水鸟在预料之内的撞击，给小得带来异样的快感。

小得射鸟无数，然而十五岁那年，小得还是射了人。他惊讶地撞见几个歹人在他们家的田地里用枪射人，他就把那准备再次射人的歹人给射死了。

小得射死了人，闯了大祸，丢了枪逃到了上海姑奶奶家。

据说，那被小得射死的人是一名恶贯满盈的汉奸。小得射死人逃走后，全家就此遭到了其他汉奸私底下疯狂的报复。老祖宗怨气郁结于心，一命呜呼。小得的爹带着家眷、细软，还有几名最靠得住的用人，趁着夜色，逃到了上海，隐姓埋名躲起来。

为保住小得这全家的独苗，小得爹找到了老祖宗的洋传教士朋友，把小得送到欧洲读书。

那边，小得远涉重洋稍稍安顿下来，这边，小得的爹便开始私下里变卖田地。那些年兵荒马乱，田地本来就三钿不值两钿，再加全家为了避祸根本不敢出面与买家照面，故那些田地几乎是半卖半送。待小得国外学成归来，国内抗日战争的硝烟已歇，那些汉奸逃的逃、被镇压的被镇压，虽不再每日提心吊胆，然而小得的爹娘经那么几年的折腾，都已恶疾缠身，离开了人世。

小得归家，老宅已是门窗破残、家徒四壁，成了空壳。昔日的管家听说全家的小少爷回来了，迟疑地带着账本来见小少爷。常言道，瘦死的骆驼比马大，全家的家产，其实还有不少。田地，还有两片，一片一百一十来亩，一片二十来亩；米行、房子被小鬼子的飞机给炸了，宅基还在，那些残垣断壁还彰显着昔日全家的繁荣；酒肆，当年被汉奸们洗劫后，也成空壳，早已歇业；茶馆，仍由早年的哑巴伙计支撑着，但只是赚些薄利，勉强维持。

小得默默地听着管家小心翼翼的陈述，半晌，轻轻地说了一声，我知道了。

小得回镇后，被乡贤们聘为新建乡校的第一任校长。

乡校少辅房、没课桌，小得让人去米行废院中找合用的木料、砖瓦，搭建辅房、加工新课桌。去的人问，那些木料砖瓦以后翻建米行时还能用，你舍得？小得说，没事，舍得！

乡校外聘的先生没寝室，乡间来的学生没住处，小得让人把自己老宅的门窗修理了一下，让那些需要住宿的先生、学生有了一个安稳的住所。有被安置的先生问，这么多人占了你的房，你舍得？小得说，没事，舍得！

不久，米行老宅的木、砖所剩无几。一位生活在渔船上的老婆婆找到乡校，探问小得，校长，你那米行老宅上烧焦的炭木，能不能给我们烧饭用？小得看着衣衫褴褛的老婆婆说，若用得着，你们就自己去取吧。老婆婆问，你舍得？小得说，没事，舍得！老婆婆开开心心地去了。

邻居搭鸡窝，相中了那些断砖碎瓦，跟小得一求。小得说，你要多少，尽管取。邻居探问，你舍得？小得挺爽快地说，舍得！

几年后的一天夜里，小得突然把校董、管家、茶馆哑巴、中人悄悄地叫过来。

小得跟校董说，全家还有一百一十亩田地、酒肆，我都捐给乡校。

校董惊讶了半晌，问，你舍得？小得淡淡地笑着说，舍得！

小得跟管家说，家里还有二十来亩地，我也没啥用，你就留作自己用吧。小得在地契上签了字，管家千恩万谢。

小得又把茶馆连同房契一起送给了哑巴，哑巴惊得半天合不上嘴。

中人问，这可是你们全家最后一点家产，你舍得？小得说，没事，舍得！

当夜，小得远走高飞，消失得无影无踪。几天后，镇上人开始传，说是全校长是地下党，被叛徒出卖了，幸亏逃得快。

几十年以后，陈墩镇中学扩建，有人提议把学校改名为舍得中学。小得知道后，说，我啥都舍得了，要这名干吗？

其实，我知道，老人的大名叫全舍得，这是他后来自己改的大名。这次回镇，他想把多年积蓄的一百万捐给中学，设一个奖学金。

有人问，老人家，这可是你一辈子的积蓄，你可舍得？

百岁老人，红光满面，爽朗地笑着说，舍得，舍得！

（刊于《小说月刊》2021 年第 8 期）

下辑
舍得

抱瓮灌园

一次，子贡游历途中经过一条叫汉水的大河，走累了便在河边路旁的树荫底下休息。

道路两旁是大片的庄稼地，由于连日干旱，田地干枯，庄稼的叶子耷拉着。有位老汉正在菜园里忙碌着，他已经用铲子在菜地里挖出一条条小沟，再把小沟挖到菜地边的井边。

小沟挖好后，老汉抱着一个大瓮，从井里打了水倒进小沟里，可水少地干，水倒进小沟里还没流多远水就干了。

看着忙碌的老汉，非常吃力，效率又低，根本不知何时能灌完菜园，子贡就和老汉搭讪，说："老人家，我知道有一种机器，不费力一天就可以浇灌上百亩菜地，既省力，功效又好，您不妨也试一试？"

老汉擦了擦满脸的汗，抬起头来问子贡道："怎么做呢？"

子贡站起来，从路边折了一些树枝和草茎，走到老人身边，连比带画地详细给他讲解，并用手里草茎扎起树枝做示范。原来，这是一种叫桔槔的灌水装置，这种装置在商朝就已发明了，到了春秋时期，应用已经很广泛。桔槔主要根据杠杆原理来取水，杠杆一头轻，一头重，轻的一头取水，利用重的一头把水提起来，这样取水量大，又不费力，取的水多了，灌在小沟里的水自然流得远了。子贡游历中看见过各种各样的桔槔。热心肠的子贡跟老汉说："如果您想试一试，我愿意帮助您。只需一些现成的木料、绳子、水桶，不出一两个时辰就可以把这架桔槔安装起来。磨刀不误砍柴工。一会儿，您就可以用上这桔槔，用不了多久这些地就浇灌完了。以后，还可以天天使用。"

谁知，老汉讥笑说："你说的这小玩意儿，只是个雕虫小技。"

子贡惊奇地问："老人家，为什么呢？明明有省力的方法，您却偏偏要吃苦受累，这不是自讨苦吃吗？"

老汉被子贡的话激怒了，他哼了一声说："从前，我老师告诉我，这种雕虫小技，为的是投机取巧。这件事情，投机取巧成了，尝到了甜头，就会想在另一件事情上也投机取巧。事事投机取巧，结果就会导致所有的事情都不老老实实地做了。一个人，一旦产生了这样的心思，就会失掉他原本的天性，变得浮躁、狡诈。我宁愿自讨苦吃，也不用这种投机取巧的办法。我可不想开这个坏头。"

老汉说完，不再理会子贡，继续抱着他的大瓮，又浇起水来了。

子贡听了，很无奈，心里想：如果一个人脑子僵化，不愿接受新的事物，对他来说，即使机械装置再好，也是白搭。

优孟衣冠

　　孙叔敖是春秋时代的楚国名相，他在政治、经济和军事上都很有才能，辅佐楚庄王，使楚国一跃跻身春秋五霸之列。他在世时清正廉洁，虽然官做得很大，一人之下，万人之上，但一生清贫。

　　优孟是楚庄王宫里的一位艺人，为人正直善良，滑稽多智，善于讽谏，深得孙叔敖的赏识，孙叔敖待他很好。

　　因为积劳成疾，孙叔敖三十八岁就去世了。临终前，孙叔敖对自己的儿子孙安说：我死后，你一定会很贫困。那时，你就去拜见优孟，告诉他你是孙叔敖的儿子。优孟会帮助你的。到时候，如果楚王看在我的面子上，要封你做官，你不要接受，因为你并没有为官的才能。如果楚王封给你水土丰沃的地方，你也不能要，那样容易招致别人的嫉妒。如果楚王坚持要给你封地，你就要求到寝丘去，那样那个地方荒凉贫瘠，没人会眼红你，你就可长久地保有这块地方。

　　孙叔敖去世后，过了几年，孙安果然十分贫苦，靠打柴卖柴为生。有一天在街上，孙安遇到了优孟，他按照父亲的指示，对优孟说："我是孙叔敖的儿子。父亲临终前，嘱咐我来拜见您。"优孟看到孙安做着苦力活儿，衣衫褴褛，顿生怜悯之情，就对孙安说："你不要到远处去，我来想办法帮助你。"

优孟安置好孙叔敖的儿子，就回家缝制了孙叔敖当宰相时的衣服帽子穿戴起来，并模仿孙叔敖的言行举止、音容笑貌，经过一年多的反复练习，他把孙叔敖模仿得惟妙惟肖，达到旁人无法分辨的境界。

在一次楚庄王的酒宴上，优孟穿戴着孙叔敖的衣冠，上前为楚庄王敬酒。楚庄王大吃一惊，以为孙叔敖复活了，想要再请他为宰相。优孟故意说，他要回家和妻子商量商量，三天后再来答复楚王。楚庄王答应了。

过了三天，优孟来见楚庄王。楚庄王连忙问："你妻子怎么说？"优孟说："我妻子告诫我，千万别做楚相，楚相不值得做。像孙叔敖那样做宰相，忠正廉洁地治理楚国，使楚国得以称霸诸侯。如今死了，他的儿子却穷得无立锥之地，只能靠打柴糊口。如果像孙叔敖那样做宰相，还不如自杀呢。"接着，优孟唱道："山野耕田多辛苦，难获粮食想做官。出外做官，做个贪官，死后家富田广，但又恐贪赃枉法被清算，惹来杀身之祸，贪官哪能做呢？做个清正廉洁好官吧，像孙叔敖，苦了一生，身后萧条。妻子儿女尤其苦，没依没靠。清官又哪里能做呢？"

楚庄王听了，十分感慨，立即召见了孙叔敖的儿子孙安，并按照孙叔敖的遗愿，把寝丘那个地方封给了孙安，其后代传承多年。

宁折不屈

汉成帝时，槐里县令朱云，刚正不阿、敢说敢当、敢作敢为。

朱云见当时好些朝廷大官，空占高位白吃饭，搜刮民脂民膏，侵占良田，谋求私利，便一次次提请面见陛下。几次三番之后，成帝终于答应了朱云的请求。

朝堂之上，成帝问朱云："屡次求见，所为何事？"

当着满朝的文武大臣，朱云慷慨陈词："今有蠹虫寄生于朝廷，尸位素餐，上不能辅佐陛下，下还要欺压百姓，请陛下赐臣一把尚方宝剑，斩杀其头目，以儆效尤。"

成帝问："蠹虫何在？"

朱云手指着张禹，大声道："安昌侯张禹！"

朱云语毕，举座哗然。

张禹镇定自如，冷笑一声。

张禹是成帝的老师。成帝即位，他受拜为相，封安昌侯，任相六年，便要告老还乡。其实，张禹知道成帝还是离不开他。果然，见张禹自请休致，成帝又是加封、又是赏赐，一次次赏他黄金万两，还许他常居京师府第，每月只需初一、十五朝见，乃以丞相之礼相待。

谁知，张禹一心只为自己打算，凡遇机要大事，他皆佯装糊涂。为修陵寝，张禹圈占土地，得罪了成帝的舅舅曲阳侯王根。那时期，曲阳侯把持朝政，胡作非为。官吏、百姓怨气连天，纷纷上书力陈其罪状，成帝一时不知如何是好，便求助于张禹。张禹自然知道其中利害，因得罪过曲阳侯，害怕这次再结梁子，会被曲阳侯打击报复，就乘机讨好曲阳侯，偏袒曲阳侯说："臣从未听闻类似之事，望陛下莫听信小人之言。"成帝自然信老师的话。只是张禹这一护，曲阳侯更是胆大妄为，朝廷上下怨气冲天。

成帝听了朱云的话，立马大怒，道："小小官吏胆敢公然诽谤朝廷大臣，羞辱帝师，居心叵测，其罪当诛，应就地正法！"

御前侍卫得令，一副要将其拖出去的架势。朱云却不肯就范，双手紧紧抓住殿前栏杆，不管御史怎么掰他的手，扯他的腰，他都不松开。

突然，"啪"的一下，朝堂上的栏杆竟然被朱云折断了。

朱云怀抱折断的栏杆，满怀悲怆，大笑道："当如此杆，宁折不屈，为千万百姓发声，死而无憾！"

这时，左将军辛庆忌挺身而出，他乃当时朝廷的一员虎将，匈奴都惮他三分。

左将军跪下，将头重重地磕在地上，为朱云求情："陛下，朱云素以耿直闻名，他冒死进谏，皆为江山社稷谋。即使他的话有误，您也当宽容他。否则，何人还敢直言进谏？臣愿以性命为朱云担保，他绝无二心。"

成帝望着朱云怀中的栏杆，沉思片刻，摆了摆手，赦免了朱云。

事后，宫廷总管带人来修理被朱云折断的栏杆。

成帝说："不必修了。留下这宁折不屈的栏杆，表彰敢于谏言的诤臣！"

不为五斗米折腰

公元 405 年秋，天气闷热，冷落的彭泽县衙似乎有了一点生机，不多的几个衙役，慵懒地站在县衙前迎接新县令的到任。

彭泽县是个小县，土地贫瘠，除了水面，也没有其他值钱的物产。这样的一个小县，一般想做官的，根本看不上。自从上任县令离职后，县令一职一直空缺着。

一直到傍晚时分，县衙门前才出现几位远道而来的陌生人。一辆旧马车，拉着些许行囊。长途颠簸令车上的老少一个个疲惫不堪。

县衙探问，来人姓陶，正是新任县令陶潜，陶渊明。

衙役叫过老爷，一人提着一件不大的行囊，颠颠地把陶老爷一家迎进县衙，送入衙内简陋的后厢房。

陶老爷掸掸桌椅上的灰尘，喜滋滋地笑了，说："跑了一百里地来到这里，有这么大的厢房，够了，够了！"

陶老爷还没坐稳，一位管事的衙役就急急地问："老爷，县衙的公地，至今闲着，想问一下，种啥好？"

陶老爷似乎不明就里地问："这公地种出来的东西，归谁享用？"

衙役说："那自然归老爷您享用！"

陶老爷想也没想，就说："种秫谷吧！"

衙役小心地探问："全种，还是种一些？这一百亩地。"

陶老爷肯定地说："全种！我要全种上秫谷。收好多好多的秫谷，酿好多好多的酒，让我好好醉醉！"

衙役一转身，陶夫人就急了，急得直跺脚，说："老爷，你糊涂呀！就为了家里日子过得困窘，你才到离家一百多里的这个小县来当官。你把这一百亩公地全种了秫谷，酿了酒，我们全家喝西北风呀？"

陶老爷说："不还有朝廷五斗米的俸禄吗？急啥？"

陶夫人更急了，说："你不留一半种粳米，我明天一早就带孩子们回老家，让你一个人浸在酒缸里。"

陶老爷哈哈大笑，说："你还当真啦？"

上任后，陶老爷心里其实并不开心。第三个月，陶老爷就遇上了让他极其心烦的事：

这天，衙役又来报，说寻阳郡派了一位督邮来彭泽县督察。

陶老爷掐指盘算，说："正好我有些事要跟郡督邮禀报。"

老衙役说："您知道郡里要派谁来吗？"一说这郡吏，陶老爷领教过。衙役说："他来，您得穿戴齐整地面见，还得用地方上最好的物产孝敬他。"

陶老爷听了老衙役这话立即勃然大怒，说道："我绝不能因为这五斗米的俸禄低眉顺眼，弯腰屈膝，谨小慎微地为那乡下的卑鄙小人做事啊！"

第二年，陶老爷以庶妹过世为由，请辞回乡，将印绶归还朝廷，潇潇洒洒地归还了老家。

韦月将冒死状告武三思

唐神龙元年，即公元 705 年，显赫一时、称雄一世的女皇武则天退位，武则天第三个儿子李显即位，史称唐中宗。

唐中宗其实是个无能的皇帝。他手中的权力被身边的两帮人把持着，一帮是当时任宰相的武三思等。武三思是女皇武则天的亲侄子，权力非常大，呼风唤雨，不可一世；另一帮是唐中宗的皇后韦后等。韦后她们直接插手朝政，操控皇帝。更气人的是，武三思与韦后沆瀣一气，关系暧昧，互相利用，左右着唐中宗，整个朝廷被他们两帮人搞得乌烟瘴气。

官员韦月将看在眼里急在心里，为大唐社稷的稳定，他决计冒死状告武三思。韦月将给唐中宗写了告武三思的奏章，递进了皇宫，奏章上诉列武三思与韦后私通勾结祸害国家、朝廷的一条条罪状，说若任他们胡作非为，他们一定会谋反。

谁料想，唐中宗身边到处是他们安插的亲信，韦月将的奏章还没有递到唐中宗手里，就被经常帮皇帝批阅奏章的皇妃上官婉儿先看到了。皇妃上官婉儿是皇后韦后的亲信，她赶紧派人秘密告诉武三思。武三思知道后，就派人把韦月将抓了起来，罪名是造谣中伤，败坏大臣和皇后的名声，并特意进宫奏请唐中宗尽快发落。

唐中宗是个昏庸皇帝，武三思和韦后私通的事，朝廷上下谁都知道，唯有他还蒙在鼓里。武三思一奏请，唐中宗便不分青红皂白立即下诏令处死韦月将。

皇帝昏庸，可手下还有不少明辨是非的好官。诏令传到黄门侍郎宋璟手里，宋璟迟迟不执行。皇帝恼了，宋璟这才匆匆进宫恳求面见皇帝。皇帝已经下朝换了便服，在后宫休息，听手下人禀报说宋璟为韦月将的事求见，皇帝更恼了，也没顾穿龙袍，见了宋璟便劈头盖脸一顿吼："韦月将诽谤宰相、皇后，罪该万死，早该杀了！"

宋璟奏请皇上："皇上，按大唐律法，死罪需先审后杀。不审先杀，有违大唐律令，上下不服。况且，武宰相和皇后的事，朝廷上下都知道。"

唐中宗顿时恼羞成怒，说："那你把诽谤武宰相和皇后的人一个个报上来，朕把他们全杀了。"

宋璟再奏："皇上，把所有的人全杀了，知道的人更多了。天下老百姓的嘴是封不住的。皇上，实在要韦月将死的话，臣愿先韦月将一步领死。"

这事本来就是件见不得人的丑事，唐中宗虽昏庸，但也不愿因这件事弄大，杀更多对自己忠心耿耿的大臣，更不愿因这件丑事为天下人耻笑。于是，在宋璟的一再恳请下，唐中宗只好收回诏令，审判韦月将。在左御史大夫苏珦、给事中徐坚等大臣的坚持下，韦月将通过审判，由死刑改判流放岭南，后死在岭南。

几年后，不可一世的武三思在景龙政变时为李重俊所杀。昏庸的唐中宗也被韦后和李裹儿下毒害死，只做了五年皇帝。同年，韦后又被李隆基杀于宫中，并被追贬为庶人，史称韦庶人。而大义凛然冒死状告武三思的韦月将死后被唐睿宗追赠宣州刺史。

宋太祖弹雀

一个难得的晴好日子，宋太祖一时兴起，穿了便衣，独自一人到皇宫的后花园散步。

后花园里，绿树成荫，亭台楼阁，鸟语花香，令人赏心悦目。皇帝闲逛一阵，看到树上不少鸟雀在欢快地叫着，更有一些鸟儿在地上一蹦一跳地找食吃，忽然想起小时候和小伙伴们一起用弹弓打鸟雀的趣事来，一时间童心大发，让人给他找来一个弹弓。

皇帝瞄准了一只正在地上低头找食的鸟儿，正要弹时，一名近身太监急冲冲地来到皇帝面前报："皇上，有个大臣有重要急事禀报，十万火急！"

皇上一听，二话没说，心里虽痒痒的，但还是放下弹弓，急匆匆地返回宫廷，换上龙袍，接见大臣。

皇上问："什么天塌下来的大事，这么急着见朕？"

大臣有条不紊地禀报起来。

皇上听了小半天，心里不耐烦了，便打断大臣的话，问：

"你急急地赶到宫里，就为了禀报这些芝麻绿豆的小事？"

大臣小心地争辩说："皇上，事虽小，但件件都关系到国家社稷。如果不急着向皇上您禀报，我一时一刻都不安。"

皇帝恼了，责问大臣："这过节庆典的事，为何昨天上朝时不报？也不等到明天上朝时报，却偏偏今日我稍有闲暇时来打搅？！这些区区小事，谎报重要急事，如此欺君，该当何罪？"

大臣毫无愧色，理直气壮地说："皇上，臣以为，今天我上朝禀报的所有事情，无论如何比弹捕鸟雀来得紧急。"

皇上听了，一下子脑门充血，气得大喝一声："大胆，你竟敢在这里狡辩！"用柱子上的斧子柄打他的嘴，打下两颗牙齿。大臣顿时满嘴鲜血，他朝地上吐了一口血沫，血沫之中，两颗牙齿清晰可见。

大臣捡起被发怒的皇帝打落的牙齿，用衣袖擦了擦地，又擦了擦牙，默默地拿出一块丝制手绢，把牙齿包了起来，慎重地藏进自己的怀里。

皇帝一见大臣门牙都掉了，自知一时发怒，手重了，但又不想失了皇帝的威严，冷冷地笑着，说："你这样把牙齿收起来，是向世人传扬朕的暴行，是吗？"

大臣很镇定，回答道："陛下，我凭我的人格，绝不会瞎说半个字。陛下您的事，只有史官有权记录。"

大臣告退。

皇帝再也没有先前的闲雅兴致，内心纠结起来。他深信大臣不会到处瞎说传扬的，但自己身为一国之君，一举一动、一言一行都时时刻刻被大臣、史官，甚至民众盯着、评判着，如果自己不谨言慎行，而任意妄为，一不小心会遗臭万年。同时，也会给整个国家带来不好的影响。仔细想想，幸亏有这些敢于直谏的大臣，时时监督自己，警示自己，弹鸟事小，误国事大。想到这时，皇帝重新召回大臣。

牙痛、心更痛的大臣，重回宫中，心中没底，一脸茫然。

宋太祖皇帝端坐龙椅，问："知我为何召你回来？"

大臣说："臣不知。"

皇帝指着事先准备好的一大堆黄金、丝织品说："你禀报谏言有功，这是奖你的！"

大臣坦然接受了皇上的奖赐，心想，两颗牙换来皇帝的回心转意，值！

三根火柴

　　游毅原本在波兹南学绘画，波兰沦陷后，游毅居无定所，连最起码的温饱都无法对付，苟延残喘地在硝烟弥漫的大街上，最终被人招募，去了一个谁也不知道的地方。那里四处是森林，生产工场与生活区域隔着几道铁丝网，所有的建筑都是木板的。

　　白天，游毅在生产工场区绘画，晚上回生活区域睡觉，似猪狗一般。一进入这片神秘的生产基地，游毅就后悔了，整个区域都是军事化管理，殒命的事每天都在眼皮下突然发生。

　　游毅每天的工作就是在已初步加工好的木板上，用手工画上统一的图案。游毅知道这些图案特殊的含义，然而他不得不画，稍有怠慢，他就会被监视他们的纳粹军人鞭打，甚至枪决。游毅当然也知道，这些绘了图案的木板，将被打包运往前线然后拼装成"神圣"的木头盒子，给前线阵亡的纳粹军人最后的"荣耀与尊严"。

　　与游毅分在一个小组的还有波兰画家阿莫多瓦、德国犹太画家马勒。马勒年纪最大，是被抓来的，处境最糟，已经遭受过无数次毒打，右手被打废已无法执画笔，只能用左手握笔，哆哆嗦嗦的，整天不停地咳嗽。据说，战前的马勒有自己的画廊，画作一直被上层名流追捧着。

身处绝境，三个来自不同国度、不同民族的画家暗中帮衬，相依为命，最危难时总不忘给同伴一个鼓励的眼神。

叫阿莫多瓦的波兰画家，依稀记得四处大概的地形地貌，一一偷偷地说给同伴听。在一个月黑风高的深夜，阿莫多瓦万分谨慎地拿出自己珍藏的唯一的个人财产：三根火柴、一小块砂皮，试探着想把火柴分给自己的难友，并小心地把与火柴有关的惊天逃亡计划告诉给游毅和马勒。

阿莫多瓦说，火柴是他父亲临终时偷偷留给他的。他父亲告诫他，火柴虽小，却是他们生命绝境中最后的光亮。有光亮就有希望；有希望，就要最后一搏。

绝密的逃亡计划是在下一个黑夜，一人事先躲藏在生产工地，半夜引燃木板，为生活区域的难民制造逃亡机遇。三根火柴长短不一。抽到最短者，将率先为计划献身。

三个人发誓，视死如归，绝不泄密。

抽火柴，从短到长依次为马勒、阿莫多瓦、游毅。三个人像收藏稀世珍宝一样小心地收藏起各自的唯一一根火柴，似有一种行将解脱的轻松。

计划，在细密中谋划、推进着。

终于，马勒接到了秘密指令。收工时，马勒躲藏在事先侦查好的木板空间里。然而等收工清点人数时，纳粹看守发现少了一人，整个基地顿时紧张起来，纳粹士兵都出动了，进行地毯式的搜寻。几小时后，马勒被凶残的狼狗撕咬着从藏身处拖出，奄奄一息地躺在空地上，继而被枪决。第一轮的密谋计划惨败。

第二轮密谋，吸取了教训，在新的藏身处做了周密的设计，有难友提供了一处绝密的暗室，但这暗室无疑是一处死牢，有去无回。不过只要暗室中有火苗，便可大功告成。只是，藏身时仍需防狼狗。为此，一个绝密的小计划在难友中秘密实施，就是有意无意地在暗室四周一轮轮撒尿，用来对付狼狗的搜寻。

终于，阿莫多瓦接到了秘密指令。收工时，阿莫多瓦躲藏进了事先侦查好的木板暗室里，游毅又从外面把暗室严严实实地封死。然而等纳粹监工清点人数时，一下子发现少了一人，整个基地又顿时紧张起来，几乎所有的士兵又带着狼狗进行地毯式的搜寻，但是这次却毫无收获。纳粹军官不甘心，抓了一个又一个可疑人员进行拷打，然而所有的难友都缄默不语，枪决的恐怖笼罩着整个基地。

半夜时分，突然狂风大作，不多时，一股浓烟缓缓腾起，火借风势，摧枯拉朽，一下子爆发开来，那是阿莫多瓦绝境中的最后一搏。早有准备的难友们借助火势四散逃命，一时间，枪声大作。

游毅冒着呛人的烟，随着逃散的人影拼命往森林密处奔跑，遇水过河，逢山过冈，一步也不敢停歇，一直奔到天色晓亮，估计已经跑出几十里远。这时，跑出来的难友渐渐化整为零。机警的游毅在山崖旁的岩洞里躲过了狼狗的追寻，逃出来躲在岩洞里的还有其他几人。

入夜，气温骤降，躲在岩洞的难友们饥寒交迫，瑟瑟发抖。黑暗中有人嘀咕着说，有堆火就好了。

游毅借着洞口微微的弱光颤颤巍巍地从衣服的夹层里取出那枚珍藏的火柴和一小块砂纸，又把破烂的衣衫撕下一块，小心地撕成一缕又一缕。游毅这才把有火柴的好消息告诉大伙，大伙纷纷围拢过来，配合着游毅。

游毅没有辜负大伙的期盼，一下子划着了火柴，火苗在岩洞里渐渐地燃烧起来，烧着不多的衣物、树枝，渐渐地旺了起来，成为一个小小的火堆。难友们这才看清了游毅的脸，纷纷过来拥吻游毅，把他奉为众人的救星和领袖。

有岩洞作据点，又有火堆取暖，难友们纷纷使出了野外求生的本领，找烧的，找吃的，终于在岩洞中挺过了最难挨的严冬。

几个月后，齐心协力的难友们，终于与一支当地的游击队联系上，走出了绝境。

几年后，九死一生的游毅回到了祖国……

（刊于《小说月刊》2022 年第 3 期）